청어詩人選 240

불면과
숙면 사이

유영호 제 3 시집

청어

불면과
숙면 사이

유영호 제3시집

궁색한 변명

겁 없이 내갈겼던
수많은 단어들이
제멋대로 날뛰다가 지쳐
널브러져 있었습니다.

덕지덕지 먼지를 뒤집어 쓴
글을 보며
더 써야하나 그만둬야 하나
갈등이 깊었습니다.

그러다 어느 날
"그래도" 라는 단어가 생각났습니다.

그래서
묵은 세월을 털어냈습니다.

2020년 봄
월악산 아래 산촌에서
유영호

차례

2부 숙제

3부 기억

해설

1부

추락

니는 와 그리 쩨리보노
세상에 불만 있나
내는 아무 짓도 안했데이
저 윗 것들이 문제지

다르지만 같은

허기진 차가 들어선다
이제 막 여덟시가 지났는데
벌써 빈자리 찾기가 힘들다
몇 번을 들락거려
겨우 차를 대고 나오는데
고양이 한 마리가 어슬렁거린다
바짝 올라붙은 뱃가죽
어둠을 밝히는 푸른 안광에
꼭 먹고 말겠다는 결기가 가득하다

승강기를 기다리는데
뱃속은 벌써부터 아우성이다
끼니를 걱정하며
쓰레기통을 뒤지는 고양이와
밥벌이를 위해 세상과 맞서는 사람
무엇이 다른 것일까
닫혔던 승강기문이 열리고
짜장면냄새가 먼저 내린다

한 끼를 위해
어둠을 뒤지는 고양이
밥을 주문한 사람
밥을 배달한 사람.

추락

기온이 추락했다
나뭇잎이 추락했다
덩달아 삶도 추락했다

추락하는 것이 어디 그뿐인가
반등할 기미조차 없는 불경기에
자영업자 소득은 곤두박질치고
판매부진 수주절벽에
직장도 문을 닫아
청춘을 바친 일자리도 추락했다
직업을 찾아 떠도는 사람들
혼밥 혼술은 일상이고
결혼율도 출산율도 동반 추락했다

추락은 거기서 끝이 아니다
금수강산을 제 멋대로 파헤치며
국민의 세금을 거덜 냈던 사람은
막장까지 떨어졌고
무소불위의 권력을 움켜쥐고
국민을 농락하던 두 여인도
교도소에 들어앉았다

이렇게 온 나라가 추락했는데
차기 선거에만 집착하며
지지율 하락을 고심하는 정치는
저 많은 추락들을 어찌 곧추세울까.

2020년 대한민국

비닐봉지 속
자반고등어 한 손이 퍼덕거린다
비린 것 한 번 먹이기도 버거운 데
집에 들어 설 때마다 달려와
품에 안기는 아이들을 보면
아버지라는 이름은 가시가 된다
광우병 걸렸다고 외면하던
미국놈 쇠고기나
방사능에 오염되었다고
손사래 치는 왜놈 생선이라도
배불리 한 번 먹어보는 게
소원이 되어버린 아이들에게
고등어 한 마리가 밥상에 올라왔다
앙상한 뼈다귀가
앙상한 가시를 쩝쩝거리며
허기를 발라 먹는다
한 숟가락 떠 넣은 밥이 목에 걸릴 때쯤
아들나이와 똑같은 텔레비전은
토막 난 나라의 갈라진 정치가들이
서로 제가 잘났다며
여의도를 흔들고 있다.

멸치 살이

아직 온기로 뛰는 멸치볶음
이 작은 물고기들이
무에 그리 큰 죄를 지었다고
열탕지옥을 들락거렸을까
등짝에 달라붙은 뱃가죽이
고단했던 생을 말하고 있다
끝없이 달려드는 파도와
시커먼 아가리를 피해가며
수많은 사선을 넘고 넘었겠지만
깨어있는 매 순간마다
뼈대 있는 가문임을 기억하고
고래 같은 꿈도 꾸었을 거야
하지만 이 세상은
강한 자만이 살 수 있으니
네겐 꿈꾸는 일조차도
감당하기 힘든 삶이었을 거야
접시에 담긴 한 무더기 주검
가물거리는 민초들의 탄식
천리만리 달아나는 이 입맛을.

창문 하나 바꿔서

창문 하나 바꾸면
바람을 완벽하게 막는다는 광고가 있다
창문을 바꿔 온갖 소음과 황사
심지어 미세먼지까지 막아준다니
이건 창문이 아니라 마술이다
그렇다면 녹슨 철조망으로 막힌
휴전선에도 그 창문을 달아
윗동네 애들 핵개발 광풍도 막고
국회의사당 창문을 바꿔
선거 때면 불어대는 지역감정과
좌우갈등도 잠재우면 좋겠다
뼛속까지 스미는 북풍을 막아
가난한사람도 추위에 떨지 않고
정권 바뀔 때마다 잡겠다는
온갖 부동산대책에도
불사신같이 살아나는 투기광풍을 막아
국민모두가 집 걱정 없으면 좋겠다
끼 많은 사람들의 마음에도
그 창을 달아 가정파탄을 잠재우고
조기교육 과외열풍도 틀어막아
교육비걱정 없는 부모와
성적에만 매달린 아이가 없는
건강한 세상이면 정말 좋겠다.

라면을 끓이며

허기진 오후가 라면을 끓인다
좁은 비닐봉지 속에
얽히고설킨 이해타산들
죽자 사자 엉겨붙어있다
남북으로 허리가 분질러져도
동서로 등뼈가 갈라져도
분쟁은 풀릴 기미가 없다
해결되지 않는 대립들
조각조각 나눠놔도
저마다 굽히지 않는 주장들
그럴 땐 그냥
몽땅 섞어버리는 게 제일이다
끓는 물에 스프를 넣고
엉겨 붙은 갈등을 털어 넣는다
계란탁 파쏭쏭이
동서남북 화합을 권유한다
부르르 끓어오르는 화해의 합창
모든 갈등과 대립들이
냄비 속에서 탱글탱글 화합한다.

메밀국수의 바램

봄이 등을 돌리는 5월의 휴일
성급한 더위가 30도를 넘나든다
소파에 찰싹 달라붙어
티비 리모컨과 씨름을 하는데
시장에 갔던 아내가 돌아왔다
음식냄새가 게으름을 일으키고
식탁에 올라온 메밀국수가
입 안 가득 침을 고이게 한다
고명으로 올린 상큼한 오이냄새가
허겁지겁 콧구멍으로 들어간다
숨도 안 쉬고 그릇을 비우다
무심코 메밀국수포장지를 봤다
중국산 메밀가루 미국 밀가루
인도산 콩에 인도네시아 가쓰오브시
캐나다 겨자가루 국산 파와 김
식탁 위 원형무대에
여섯 나라 대표가 참여했다
젓가락을 놓고 돌아서니
왠지 모를 아쉬움이 밀려든다
가까운 북한의 메밀가루는 언제쯤.

이런 제기랄

우린 살며 많은 배신을 당한다
군대 갈 때 대성통곡하며
끝까지 기다린다던 그녀도
일 년 만에 고무신 거꾸로 신었고
사회생활 중 이런저런 사람에게
뒤통수 맞은 적은 부지기수다
정치인의 습관성 공약 뒤집기는
배신 축에도 못 끼는 것이라
웬만한 거짓말은 무덤덤이다
그런데 이건 정말 큰 배신이다
아들딸 출가하고 부부만 남아
손님 올 때만 시켜먹은 통닭
그렇게 4년 모은 쿠폰 열장으로
부담 없이 통닭 한번 먹겠다는데
전화를 거니 없는 번호란다
이런 제기랄,
대통령이 내건 그 많은 공약을
오리발 닭발 내미는 것보다
내게 이건 훨씬 더 큰 충격이다.

박 씨의 꿈

오늘도 비는 그치지 않았다
밤새내린 비에 낙엽조차
납작 엎드려 미동조차 없다
이른 새벽부터 장터에 나온
채소장사 박 씨가 하늘을 힐끔거린다
진열대에 물건을 올려놓다가
굵어진 빗방울에 한숨을 쉬며
무거운 마음을 파라솔아래 앉힌다
오 일 장터를 떠돌며
난전을 펴 생계를 잇는 그는
이번 비 때문에 3일이나 공쳤다
가을가뭄에 식수가 걱정이라는
위 지방의 애타는 뉴스보다
식솔들의 끼니가 더 걱정인 그는
빈속에 소주잔을 털어 넣고
오이 하나를 분질러 와그작 씹는다
빗방울은 잦아들지 않고
상가 처마 밑에서 비를 피하며
쪽잠이든 박씨
번듯한 가게에서 장사하는 꿈을 꾸며
입가에 빙그레 미소를 매달았다.

놀이터가 심심하다

980세대 아파트
어린이 놀이터에 햇살이 따시다
봄볕에 추위를 가신
녹슨 놀이기구 그림자가
낡은 의자에 앉아 졸고 있다

대학 졸업에 토익 토플까지
온갖 스펙을 쌓았지만
원하는 일자리는 아득한 꿈
제 몸 추스르기도 벅찬 청춘이
결혼을 못하니 아이는 꿈이다

늦은 결혼에 육아 교육비로
출산율은 곤두박질
그나마 몇 안 되는 아이들은
새벽부터 늦은 밤까지
학교와 학원으로 등 떠밀린다

바다건너 외국보다 멀어진 놀이터
개나리 진달래 벚꽃피어
아이들 발길을 기다리지만
잠들었던 가로등이 다시 눈뜰 때까지도
아이들은 기척조차 없다.

흘러야 한다

가로등이 쏟아내는 불빛
촉수를 뻗어 어둠을 보듬는다
실핏줄 같이 이어진 길로
빛이 스며든다
세상은 화색이 돌고
생기를 되찾은 골목으로
중년여자가 빠르게 흘러든다
가방을 멘 학생이 뒤따르고
사내의 지친 걸음을 따라
도둑고양이도 비린내를 찾아간다
자동차소리 뜸해지면
낙엽을 굴리던 바람도 들어가고
우유아줌마 신문배달 소년이 간다
골목은 이처럼 막힘없는데
우리나라에서 제일 넓은
16차선 세종로는 늘 숨이 막힌다
좌우가 길을 막고 마주서서
비키라고 서로아우성이다
저 세종로의 가로등은 언제쯤
이 답답한 세상을 흐르게 할까.

중년남자 · 2

발소리 바스락거리던 날
동네 어귀 구멍가게 평상에
과자 한 봉지를 놓고
소주병을 비우는 남자가 있다
빈병 한 개와 막 뚜껑을 딴 술병
아직 마셔야 할 술이
그가 살아가야 할
남은 세월만큼 벅차 보인다
지금쯤 은퇴를 했을 나이인데
옆에 놓인 낡은 가방이
그의 등을 일터로 떠 미나 보다
남자는 어쩌면 저 술로
끼니를 때우고 있는지 모른다
보다 못한 가게 주인이
마른 멸치 몇 마리를 내놓지만
멸치보다 더 깡마른 그는
멸치에 눈길도 주지 않는다
한참이나 허공을 응시하던 남자가
남은 술을 입에 털어 넣더니
시커먼 골목 속으로
휘청거리는 몸뚱이를 던진다.

세상에서 제일 무서운 것

어릴 적 귀신 도깨비는 밤마다
화장실 가는 발길을 잡았고
뒷산의 짐승소리나
말로만 듣던 호랑이는 목덜미를 당겼다

학창시절 선생님의 정신봉이나
군대 고참의 삽자루에선 바람소리가 났고
아픈 아이 들쳐 업고 병원을 전전할 땐
머리카락이 쭈뼛쭈뼛 섰다

조금만 움직여도 욱신대는 팔다리
한 번도 거를 줄 모르는 공과금고지서
나이만큼 빨라지는 세월
참으로 많고 많은 무서운 것들

그러나 그 많은 것 중에
가장 섬뜩했던 것은
시도 때도 없이 꼬르륵거리던 허기와
쌀독에서 나는 바가지 긁히는 소리였다.

태풍에게

내 그럴 줄 알았다
네놈이 아무리 기를 쓰고 몰아쳐도
결국 우리가 이길 것이라고
유리창이 깨지고 간판이 떨어져도
퍼붓는 폭우에 집이 침수되고
비닐하우스와 농작물이 쓰러져도
결국은 네놈이 질 거라고
해마다 네놈은
사라, 매미, 나비, 노루같이
이름을 바꿔가며 대들었지만
우리는 오뚝이처럼 일어났고
모두가 힘을 모아
네놈이 휩쓸고 지나간 흔적을
감쪽같이 지워버렸으니까
아침 출근길에
갈가리 찢긴 채 북으로 쫓겨 갔다는
라디오 뉴스를 들었다
길가에 널브러진 잔해를 보며
처참한 네놈의 몰골을 생각했다.

창백한 세상

허기에 목덜미 잡혀 식당에 끌려간다
눈은 메뉴판을 보고 있지만
입이 먼저 국밥 한 그릇을 시킨다
주방 쪽문으로 얼굴을 내민 여인이
대답도 하지 않고 고개를 돌린다
껌딱지처럼 벽에 매달린 티비가
뉴스속보라며 뱉는 시뻘건 소식은
연예인 도박과 열애소식이다
저걸 속보라고 하는 놈이나 보는 놈이나

표정 하나 없는 석고상이
국밥과 반찬을 주섬주섬 들고 나온다
뜨거운 김이 훅 얼굴을 덮쳐
안경 쓴 시야를 가렸지만
숟가락은 결코 코로 들어갈 수 없다
먹고 살자고 하는 일인데
먹는 일조차 녹록치 않은 세상
밥값을 주는 사람이나 받는 사람이나
얼굴에 웃음기가 사라진지 오래다.

날씨들의 지방자치

윗지방은 물난리라는데
아랫지방은 한 달째 폭염이다
장마를 예보했던 기상청은
연일 불발이다
들끓는 비난에
슈퍼컴퓨터 타령을 하다
거금 들여 새 컴퓨터 사주니
이젠 운용 할 사람이 없단다

이념이 갈라놓은 나라
반 토막짜리 땅조차
진보와 보수가 난도질하고
아전인수로 쌈질이나 하는
여의도의 변종 인간들처럼
홍수와 폭염의 극한 대립이다

지구 온난화 때문에
국지성 호우가 빈번하다지만
이제 날씨조차 서로 잘났다며
제 멋대로 지방자치를 한다.

담배가 땡기는 날

십년 넘게 끊은 담배가 생각난다
잊었던 담배가 생각난다는 건
그만큼 삶이 각다분하다는 것이겠지

하루 세 갑씩이나 피우던 시절
베베 꼬인 일로 심사가 뒤틀리거나
고스톱 치다 패가 안 풀릴 때도
한 모금 들이키며 마음을 다독였는데

몇 년째 이어지는 불경기에
한 달 한 달이 외줄타기가 되니
스치는 담배연기에 관대해지더니
이젠 코가 벌름거려진다

그다지 즐기지 않는 술도
모임에서나 겨우 한 두 잔이었는데
어느 때부터인가 입맛이 돌더니
한 잔하자는 말에 귀가 솔깃해진다

퇴근길에 들른 편의점에서
담배 한 값을 사려다가
가격표를 보고 돌아서며 생각했다

국민건강을 위해 값을 올린다더니
이 어려운 불경기에
흡연자 지갑에 빨대를 꼽은 나라
차라리 벼룩의 간이나 빼먹을 일이지

아, 오늘은 더 담배가 땡긴다.

인력시장 · 4

한파는 골이 깊었다
불황의 칼바람이
떨어트린 중년의 모가지들,
제 식솔 땟거리조차
건수하기 벅찬 사람들은
주고받는 눈인사도 푸석거린다
담배꽁초 쓰디쓴 맛에
속은 타들어가고
이제나 저제나 불릴까
이름 기다리는 귓가로
신경세포가 붉게 달아오른다
알량한 전 재산은
곶감 빼먹듯 다 먹어치우고
꼬챙이만 남은 건 오래 전 이야기
손자들 재롱 보며
웃어도 좋을 나이가
모닥불 속에 재가 되고 있다.

난 무슨 파?

요즘 신문방송마다
좌우 편 가르기에 열중이다
그렇다면 난 어떤 파일까
군대에서 왼쪽 눈을 다쳐
도수 높은 안경을 껴도
내 왼쪽 시력은 젬병이고
왼쪽 무릎이 아파서
수시로 병원들 들락거린다
왼손 등에는 혹이 자라서
두 번이나 수술을 했지만
여전히 손등은 불룩하다
얼마 전에는
허리가 아파 병원에 가니
척추도 왼쪽으로 기울어져
교정한다고 고생을 했다
급하게 밥 먹을 때는
숟가락은 왼손 젓가락은 오른손이지만
운전도 왼손이 편하며
왼쪽으로 굽은 길이 오른쪽보다
회전하기가 훨씬 쉽다
좋은 것도 나쁜 것도
모두가 왼쪽에 있는 난 무슨 파?

神을 질책한다

아픈 몸 낳게 해주고
어떻게 하든 내 아이들
주린 배라도 채워줘야 한다고
빌고 또 빌었는데
대체 당신은 뭘 해준 것 입니까

온몸 부서져라 일하고
내라는 세금 꼬박꼬박 냈습니다
단 한 번도 남의 것
욕심낸 적 없었습니다

병이 들어도 약 한 봉지 없어
혀를 깨 물어야 하고
사고로, 병으로, 굶주림으로
귀한 목숨을 놓치는 사람들
당신은 말 하겠지요
믿음이 없어서, 정성이 부족해서
기도를 열심히 안 해서
이도저도 아니면 게을러서라고

왜 神은 꼭
먼저 받아야 합니까
먼저 잘 살게 해주어
고마워서 기도하게 하면 안 됩니까
당신은 또 말하겠지요
오만한 인간들이
지가 잘나서 잘 사는 줄 알고
神을 찾지 않아 그런다고

기도해야 이뤄주겠다는 神이나
이뤄주면 기도하겠다는 인간이나
뭐가 다르다는 것입니까
이제, 그 이기심 내버리고
먼저 베풀어
고통 받는 이 없게 해주십시요

그래야 하는 것 아닙니까
당신은 神이니까

초승달

니는 와 그리 쩨리보노
세상에 불만 있나
내는 아무 짓도 안했데이
저 윗 것들이 문제지

찬밥

갓 지은 뜨거운 밥도
먹을 사람이 없어
때를 놓치면 찬밥이 된다

다시 덥혀서
손 댈 수 없을 만큼 뜨거워도
그 밥은 역시 찬밥

입맛 없다며 바쁘다며
냉장고에 머물다
버려지는 식은 밥 한 덩이

굶주린 이에겐
목숨을 잇는 소중한 것.

노숙자의 하루

교각을 훑던 바람이
온 몸을 쪼아대고 있고
추위와 맞서는 술병의 한숨에
오늘도 하루가 천 길이다

밥보다 먼저
소주가 들어앉은 위장이
누더기 속에 가려진 채
후들거린다

하루 한 끼 얻어먹는
배식시간은 한참 멀었지만
굶주린 창자가 이은 줄은
벌써 구절양장이다

여기서 처지면
낟알 하나 얻지 못한다
침이 더 마르기전에
시간을 씹어가며 버텨야 한다.

불통보다 소통

연말 내내 심하게 달렸더니
결국 몸살 난 새해를 맞았다
해는 분명 새 것인데
몸은 헌 것보다 더 골골거린다
무탈하던 편도가 탈나
식사도 수면도 모두가 불통
여기저기 몸뚱이가
세상살이만큼 삐걱거린다
며칠을 참아도 차도가 없어
결국 지원군을 요청하고
침대 하나 차지해 누워버렸다
혈관에 흘러드는 수액
욱신거리는 세상을 밀치고
뻐근한 파장을 몸에 전한다
정상적 통로가 아닌 소통에도
주저앉은 몸뚱이에 허리가 돋고
무너졌던 하체가 살아난다
우리가 사는 세상
정상적이 얼마나 비정상적인가
비정상적이 얼마나 정상적인가
모로 가도 역시
세상사 모두 불통보다 소통.

절름거리는 오후

해가 중천인데
구두병원 원장의 손이 놀고 있다
돈 통을 힐끔 쳐다보니
천 원짜리 몇 장뿐인데
허기는 벌써부터 아우성이다
퀭한 시선이 청진기처럼
분주히 오가는 신발을 진찰한다
두 발이 닳아 절룩거리고
실밥 터진 눈길도
멈추지 않고 무심히 지나친다
마음만 먹으면 세상은
언제든지 새것으로 바뀐다
헌것을 고쳐 쓰는 일은 옛이야기
땡볕 아래 한 평짜리 가게가
뒷굽보다 더 빨리 닳아 눕는다.

라면을 먹다가

늦은 오후 컵라면을 먹다가
문득, 이것조차 마음 것
먹지 못하는 사람들이 생각났다
하루 세 끼 배불리 먹다
밥맛이 없을 때나
간식으로 가끔 먹는 라면이
누군가에게는
생명을 잇는 음식이란 생각에
라면 한 젓가락이
너무나 귀하게 느껴졌다
나에게는 간식일지라도
어느 누군가에겐
목숨만큼 소중한 가닥이라니
먹는 내내
속이 개운하지가 않았다
그날은
건강생각하며 남기던 국물조차
차마 남길 수가 없었다.

속물들의 신년회

어떤 곳은 반목으로 얼어붙는데
뜨겁게 엉겨 붙는 곳도 있다
와자지껄 시끌벅적
정말로 안녕들 하신건지
안녕하신 척 하는 건지
험담도 말아놓고 야부도 비벼놓은
갖가지 폭탄들을 던지고 얻어맞고
그래도 구호만은 거창하다
송년회는 벌써 아득한 옛날
신년회라는 이름의 술판에
꼬인 말들이 뒤엉킨다
뚜걱뚜걱 인삿말이 돌아다니며
카더라통신을 분주히 퍼 나른다
그 어떤 신문 방송보다
신속하고 정확한 사이비언론
모임의 핵심보다 더 뜨겁다
의미 없는 건배 제의에
생각 없는 술잔을 들었다 놓는다
오고 싶지 않은 자리, 그러나
뒷담화의 주인공이 나일까봐
속이 울컥거려도 기필코 참석하는
우리 속물들의 신년회.

타협

고속도로입구 사거리
늦가을 추위가 만만치 않다
자동차꽁무니를 따라온 바람이
연신 싸대기를 때리지만
입을 앙다물고 부지런을 떤다
모처럼 얻은 일거리는 보도블록 교체
아직은 더 써도 될 것 같은데
해마다 이맘때면 통과의례다
내 돈 들어가는 것도 아니고
하루 품삯을 받을 수 있으니
불쑥 치받는 노기를 다독거린다
아직 세 시간도 안 지났는데
장갑은 벌써 구멍이 나고
빼꼼이 나온 손가락이 쓰리다
잠시앉아 물 한 모금 마시는데
길가 대형화분의 노란 감국이
울컥울컥 향기를 쏟아낸다
에이, 염병할 놈의 국화
애먼 데다 욕을 쏟아내던 그는
툴툴 털고 일어나며
다시 구멍 난 장갑을 낀다.

2부

숙제

게으름, 이렇게 편하고 좋은데
사람들은 나의 외모조차
자기 기준에 맞추려고
수염을 깎으라마라 간섭한다

나의 생존법

얼마 전까지만 해도
추워서 죽겠다던 사람들
이젠, 더워 죽겠다는 말
입에 주렁주렁 매달렸다

배고파죽고 배불러죽고
아파죽고 웃겨죽고
이래죽고 저래죽다 보면
살아남을 사람은 누구

푹푹 삶아대는 삼복더위에
가로수도 축 늘어졌고
담 밑에 포도나무는
맺혔던 열매조차 떨궈버린다

아스팔트도 맥을 못 추고
물컹거리는 땡볕에
매미도 죽겠다 아우성이지만
난, 살기위해 침묵.

아! 옛날이여

가을걷이를 끝낸 박영감
마을사람들과 나들이 간다
의자에 앉자마자 주거니 받거니
그을린 얼굴은 벌겋게 불이 붙고
노랫가락에 취한 버스는
덩달아 엉덩이가 들썩거린다
몇 순배 돌고 돈 술잔에
방광은 터지기 일보직전
괄약근에 힘을 주며
휴게소 찾아 소리를 지른다
힘겹게 도착한 화장실
급하게 방뇨하다 보니
소변기에 파리 한 마리가 붙어있다
쫓아낼 요량으로
아랫배에 힘을 줘보지만
배수구근처만 오르락내리락
파리근처는 어림도 없다
까치발을 들고
다시 한 번 용을 써보지만
애먼 방귀만 바짓가랑이로 새나간다.

불면과 숙면 사이

불면이 느닷없이 자리를 박찬다
떠밀려 나온 거리에서
네온이 고막을 찢어 놓을 땐
뒷골목으로 숨는 것이 상책이다

그 곳에는
낡아 부서질 듯한 풍경과
그 속을 바스락거리는 표정들이
채곡하게 쌓여있다

오래된 사진관 앞에 선다
가난했던 그 시절의 우리들이
모두가 하얗게 웃고 있다
지금도 그 얼굴 바래지 않았을까

유리창에 한 남자가 서 있다
지금 주저앉으면 지구가 멈출 줄 알고
죽자 사자 달려온 지난날들이
중년의 창에서 흔들린다

혼자라는 익숙함도
때론 무거울 때가 있다
나 살아온 길 같은 시장골목에서
시간이 절여놓은 냄새를 물씬 안긴다

국밥에서 피어나는 뜨거운 김으로
외로움을 든든히 채우고
도시의 낯선 골목을 걸어
숙면의 밤 속으로 천천히 들어간다.

내가 길

내일이 한 치 앞도 안보여
만만한 술에게 물었다
순간의 짜릿함으로 위로 하지만
머리만 흔들어 한숨만 부른다

십 년 넘게 끊었던 담배에게 물었다
가슴을 칼질하는 기침만 부를 뿐
한 마디도 거들어 주지 않는다

들판을 노니는 어둠에게 물었다
앞이 안 보이는 건 저나 나나 같다며
그냥 무심히 바람이나 쐬란다

나에게 내가 물었다 어디로 가야 하냐고
보이지 않을 땐 눈 감고 앞으로만 가란다
눈 어두운 내가 길이란다.

대단한 고민들

남자는 고민으로 산다
주차비와 주차위반 딱지로
시작되는 고민
점심시간이 되기도 전에
짜장면이냐 짬뽕이냐 에서
곰탕 설렁탕으로
미리부터 고민은 펄펄 끓는다
퇴근시간 한 잔의 유혹과
칼퇴근 사이의 고민으로
술자리가 길어지면
집에 전화를 할까 말까
고민은 새끼를 치고 또 치고
시간에 떠밀려 집으로 가는 길
두어 잔 마신 술에
대리기사를 부를까 말까
드디어 집에 도착할 시간
늦은 이유를 시시콜콜
변명해야 하나 말아야 하나
끝내 고민이란 녀석이
나의 하루를 접수해 버렸다.

숙제

습관이 되어버린 점심시간
쫓기듯 몰려나와
음식점을 찾아 헤매는 무리들
어디서 뭘 먹을까
모두가 같은 시간 안에
끼니를 해결해야 한다
이보다 더 과중한 숙제가 또 있을까
시간에 떠밀린 식단으로
허겁지겁 채워지는 밥통들
조급한 한 끼의 식사가
길들여진 일상과 부딪친다
단 한 번이라도
어느 한적한 곳에서
느긋한 밥상을 푸짐하게 받아
따스한 오후를 발효시켜 봤으면
아—
식당 공짜커피에 담긴
가여운 우리들의 희망.

두통 찾기

두통으로 보름 넘게 고생하다
온갖 상상을 하며 병원을 찾았다
몇 마디 질문과 답변으로는
그 원인을 알 수가 없는지
머릿속을 보자며 M. R. I를 찍잔다
주사를 맞고 옷을 갈아입으니
드럼통 같은 기계가 입을 벌리며
입맛을 쩝쩝 다신다
불안감에 주눅이 들지만
거부할 수없는 현실에 몸을 눕힌다
우르르 쾅쾅 사각사각
허기진 기계가 머릿속을 헤집으며
숨어있는 두통을 찾는다고 바쁘다
한 시간도 안 되는 시간이
한나절처럼 느리게 지나가고
불안한 마음을 억누르며
다시 의사 앞에 불려가 앉는다
크게 염려할 것은 아니지만
뇌혈관이 좁아졌다며 처방전을 내준다
조금 전까지 쑤셔대던 두통
순식간에 사라졌다.

어느 부부

그 식당은 부부가 운영 중이다
남편은 주방에서 일하고
아내는 홀 서빙과 배달을 한다
음식이 제법 맛있어서
평소에도 손님이 끊이지 않는 데
그 부부는 싸움이 잦다
배달통이 날아다니고
온갖 욕설이 가게를 채우다가
도로까지 흘러나올 때가 있다
손님에게는 상냥한 그녀가
남편에겐 유독 간섭이 심하다
하는 일마다 마음에 안 드는지
목소리가 앙칼지다
그런 날은 문이 일찍 닫힌다
그러나 다음날이면 어김없이
앞치마를 두른 남편은
주방에서 음식을 만들고
얼굴이 붉게 상기된 아내는
콧노래를 부르며 가게를 청소한다.

가는 길

태양이 길 위에 눕는 시간
식어가는 아스팔트를 걷는다
휘적거리는 걸음
지금 어디로 가는 걸까
아우슈비츠의 가스실 앞
차례를 기다리는 유대인처럼
긴 그림자가 뒤를 따른다
이 길 끝에
내 생을 기억하고
위로해 줄 사람은 있을까
어두워져가는 길 위에
돌아갈 곳 잠시 내려놓고
지평선에 걸린 노을을 본다
그날이 그날 같은 일상처럼
무심한 고추잠자리 떼가
머리 위를 맴돌고 있다.

마지막도 내 탓

압사 직전의 12월
홀로 서있다
무엇부터 갈무리해야 옳을지
깜빡거리는 정신 줄이
성탄트리의 불빛처럼 흔들린다
달려간 열한 달은 팔짱을 낀 채
내 알 바가 아니라며
속사포 같은 채근을 해댄다
어제와 오늘은 한 몸
내일도 똑같은 오늘이 될 터
치솟는 火를 가라앉힌다
모두 내 탓이다 내 탓이다
미해결 짐더미 속에서
애면글면 내일을 다짐하는데
저 멀리 가물가물 빛 한 줄기
水심으로 어른거린다.

가을 골목에서

가을볕에 하늘이 가벼워진 날
카메라 하나 메고 집을 나선다
번잡한 큰길을 벗어나
오래된 이야기가 말을 걸어오는
아늑한 골목으로 들어선다
물고기 비늘 같은 보도블록이
언덕을 기어오르는 골목길
사람 그림자는 보이지 않고
민들레 한 송이만 갸우뚱거린다
이 골목의 주인이었던 아이들은
지금 어디서 무엇을 할까
노란버스를 타고 떠나간
아이들의 눈망울을 생각하며
양지쪽에 기대 눈을 감는다
유년의 기억이 골목에 스며든다
노래하고 웃고 싸우는
아이들 목소리가 골목을 깨운다
골목, 이제 진짜 골목이 된다.

여전히 나무

고향을 찾아가면
손 흔들며 반기는 은행나무가 있다
언제부터 내 오감을 내려다보았는지
나이가 몇 살인지 알 순 없지만
몇 해 전부터 열매를 맺지 않는다
한때는 몇 자루의 열매를 매달아
잘난 척 하기도 했고
고향마을 어른들 주전부리로
긴 겨울밤이 구수했었는데

나무도 갱년기에 들면
성별도 욕심도 없어지나 보다
이제 열매를 맺지 못하지만
늙은 뿌리로도 잎 무성히 키우니
그것으로 만족해도 좋은 일
꼭 열매를 맺어야만 나무이던가
그늘지어 사람들 쉬게 하고
새들에게 둥지 허락하니
그만하면 여전히 나무가 아니던가.

삶을 조율하다

어젯밤, 의도하지 않은 술자리
눈꺼풀은 천근만근이고
오장육보는 제멋대로 헝클어졌다
게으름피우는 몸뚱이를 추슬러
어둠이 머뭇거리는 약수터를 오른다
막 눈을 뜬 산새들 수런거림으로
뒷동산의 하루가 시작된다
가쁜 숨 몰아쉬며 오르다보니
나뭇잎 사이사이에서
따스한 햇볕 조각들이 떨어진다
약수 한 모금이 식도를 넘으며
아직 몸속에 뒹굴고 있는
알코올의 찌꺼기를 씻어내고
몽롱했던 머릿속이 오와 열을 맞춘다
체력은 하루하루가 다르지만
열정만큼은 아직도 청춘
빈곤한 사유(思惟)의 가슴에
채곡하게 들어선 자만을 털어내고
늘어진 나의 일상을 곧추세운다.

게으름 즐기기

한번쯤 게을러지고 싶었다
고양이세수를 하고
머리감기는 삼일에 한 번
면도는 잠시 잊기로 했다

늘 하던 일상이 달라지니
좀 어색했지만
며칠이 지나고나니
하루의 시작이 여유롭다

게으름엔 부작용도 따른다
만나는 사람마다
아니 왜 수염을 길러요
무슨 일 있어요? 하며 묻는다

대답조차 귀찮아 미적거리면
이러쿵저러쿵하며
저마다 다른 생각들로
이기적인 결론을 내버린다

게으름, 이렇게 편하고 좋은데
사람들은 나의 외모조차
자기 기준에 맞추려고
수염을 깎으라마라 간섭한다

지금껏 살며했던 용모단정은
나를 위한 것이 아니라
남에게 보여주기 위한 것
이제 제대로 게으름을 즐긴다.

부도난 약속들

오래전 헤어지며
나중에 밥 한번 먹자
다음에 술 한잔 하자 해놓고
몇 달, 몇 년이 지나도록
먹지 못한 밥과
마시지 못한 술이 있다

별로 친하지도 않고
이해관계로 얽매인 사이가 아니라
약속을 지키지 않아도
큰 부담이 없고
상대도 그리 생각할 줄 알아
인사치례로 하는 말인 걸 안다

그러나 가끔은
그 말을 액면 그대로 알고
이제나 저제나
연락이 오길 기다리다 지쳐
혼자 술 한잔 마시며
투덜거리는 사람도 있을 것 같다

나는 지금까지
부도낸 약속은 몇 번이고
부도 맞은 약속은 얼마나 될까?

남자도 울고 싶다

하늘이 먹먹하다
흘러야 할 것이 흐르지 못해
밥 한 술도 고달프다

세상은 나와 상관없다며
뻔뻔스럽게 잘도 흘러간다

하루가 울컥거린다
입안으로 쓴맛이 돈다
소리 내어 울고 싶다

누가 남자더러 참으라 했는가
남자보다 훨씬 큰 하늘도
저렇게 펑펑 우는데

늘 목구멍을 넘지 못하는
남자의 울음
한번쯤 후련히 토하고 싶다.

낯선 밤에 흔들리며

현란한 네온이
긴 혀를 날름거린다
저 홀로 가던 밤이
잠시 멈칫거린다
비틀거리는 음악들
지독한 술 냄새가 역겹다

종일 돌아온 길이
자리에 먼저 눕는다
팔베개를 청하는 외로움
원하지 않는 동침
그렇게 서로의 품 안에서
밤새도록 흔들린다.

오후, 출렁거리다

점심나절, 문이 열리면서
졸던 내 눈꺼풀도 함께 열린다
환하게 웃고 있는 여인
엉겁결에 건네는 인사에
냉큼 들어서며 말문을 튼다
다가선 여인을 스캔하던 시선이
중간쯤에서 딱 멈춘다
작은 체구에 커다란 가슴
어림짐작으로 머리통만하다
머리통이 다가서며 카다록을 꺼낸다
여러 가지 보험을 설명하는데
귀는 닫히고 동공만 크게 열린다
뜨거워진 눈길 들킬까봐
뭐라도 하는 척 하지만
눈동자는 힐끔힐끔 정신이 없다
애써도 씨알이 안 먹히니
주섬주섬 여인은 나가버렸지만
망막엔 여전히 머리통이 출렁거린다.

다시 시작

내게 아직 태우지 못한 열정이
얼마나 남아 있을까
허기진 저녁과 함께
먹먹한 가슴이 바닷가에 선다
많은 눈물을 준비했지만
소리 내어 울지도 못하고
수평선만 가물가물 쳐다본다
멈춰야 하나 곧추세워야 하나
마음이 파도를 탄다
바람이 차면 물결도 순해지는지
心亂이 조금씩 가라앉는다
종잡을 수 없던 하루가
밤배로 떠나고 난 후
헝클어진 일상을 사려 세운다
집으로 돌아오는 길
하현달이 나 대신
바다에 빠져 허우적거린다.

그 남자의 고향

바닷물이 자리를 비우면
갯벌이 몸을 연다
그 남자가 갯바람을 가르며
속으로 들어간다

빈 몸 빈 삽자루로 태어나
갯벌에서 평생을 보낸 그에게
바다는 식지 않는 자궁이요 고향이다
할아버지, 아버지 처자식들까지도
그곳에서 태어났고
낙지 조개가 그들을 먹여 살렸다

생을 곧추세우는 삽질이 지쳐갈 쯤
열려있던 갯고랑으로
숨찬 바닷물이 빠르게 들어온다
허락된 시간은 여기까지

양동이 속에서
남자의 땀방울이 펄떡거리고
귓갓길 콧노래가 피로를 풀어준다.

조약돌이어서 행복해

어둠속에 혼자 남았을 땐
날카롭고 강해야만 살 줄 알았어
모서리마다 날을 세우니
내 삶은 점점 서슬이 퍼레졌어
세상은 다가서면 상처를 입을까봐
잠시 눈길만 주다 돌아섰어
삐죽삐죽 튀어나온 모서리가
나를 가두는 철조망이 되었어

외로움에 지쳐 울다 깨 닳았어
닳고 닳아야 소통할 수 있다는 것을
비바람에 몸을 맡겼어
세상 속에서 엎어지고 구르며
몸과 마음을 갈아 냈어
모서리가 없어지니 친구가 생겼어
자갈자갈 함께 노래를 불렀어
이제 나는 둥글둥글 너무 행복해.

애먼 밤

종일 퍼붓던 비가 긋더니
깔리는 어둠조차 끈적거린다
분주했던 일상을 다독거려
오와 열을 맞춰 놓고
창문을 열어 한숨을 돌린다
밤이 품에 안기며
그렁그렁한 잠을 털어내고
술내를 풍기는 네온이
지나가는 바람을 유혹한다
후끈 달아오른 골목으로
노랫소리가 비틀거린다
끼니를 잇던 도둑고양이가
깜짝 놀라 어둠을 할퀴고
애먼 밤은 통증에 잠 못 이룬다
잠시 몽롱했던 것 같은데
시곗바늘은 새벽을 기웃거린다.

늙은 해녀의 바다

분노의 바다
오늘은 깊은 잠에 빠졌다
좀처럼 품을 내주지 않아
한숨으로 끼니를 잇던 그녀가
식전 댓바람부터 분주하다
오래된 누더기 잠수복이
오늘따라 더 무겁다
청상에 서방을 뺏어가고
아이들과 살 길을 내어준 바다는
그녀에겐 형벌이자 축복이다
지병이 되어버린 잠수병
습관처럼 한 주먹 약을 털어 넣는다
오늘은 풀기 잃은 주머니가
생기로 빳빳하기를 빌어본다
오랜만의 자맥질이지만
이제 그녀의 숨비소리는
잔물결조차 넘지를 못한다.

빈 기다림

살 만큼 살아온 나이라
그다지 기다릴 것도 없는데
비만 내리면 왠지
무슨 일이 있는 것처럼
엉덩이가 들썩거린다
이젠 더 이상 눈물 지을 일도
외로울 일도 없는데
오후의 빗줄기는
식은 찻잔을 오르내린다
비에 흠씬 젖은 맥을 놓고
수평선에 눈 맞추는 것은
기다림인가 외로움인가
기다려야 할 사람도
만나야 할 사람도 없음에
진실로 외로운 날
텅 빈 기다림으로
나의 마음은 종일 출렁거린다.

세상은 멀미 중

회전문에 끼어 빙빙 돌다가
어렵사리 길을 나선다
전봇대가 비틀거리고
꿈틀거리던 아스팔트가
벌떡 일어났다 들어 눕는다

현란한 네온
꼬인 말소리와 뒤엉킨 노래
증기기관차처럼 뿜어대는 담배 연기
세상은 지금 멀미중이다

휘청거리는 가로등에게
눈탱이 맞은 달마시안
갈 길을 잃고 주저앉는다
신호등은 여전히 붉은색이다.

갯바위

뼛속까지 시린 매를 수없이 맞으며
들어줄 이 없는 신음을 삼켰다
온몸이 터지고 아무는 억겁의 세월에도
결코 자비는 없었다
바닷물이 없으면 괜찮을 것 같았다
물이 마르기를 매일매일 기도했었다
바람이 잠든 어느 날
잠자는 바다를 보며
파도는 바다 탓이 아니라
바람 때문이라는 걸 알았을 때
그 품에 안겨 밤새워 울었다
멍든 몸을 씻겨주고 어루만져 준 바다
햇살이 들려주는 뭍 소식과
날개 접은 갈매기의 다정한 위로에
지난날의 상처가 잊혀졌다
갯바위 이젠,
파도 속에서 참을 끈자를 새기고 있다.

비에 떠밀리던 날

바람에서 흙냄새가 나더니
먹장구름이 몰려온다
후드득 소리 산비탈을 내려오며
쏟아지는 빗줄기가 드세다
비만 오면 들썩거리는 엉덩이가
이런 날 자리를 지키는 건
그리 쉬운 일이 아니다
지붕 두드리는 소리 커지고
심장 뛰는 속도가 점점 빨라진다
내 인내의 한계는 여기까지
하던 일을 덮어 두고
비에 젖어도 좋을 신발을 신는다
자동차 와이퍼가 앞장서며
분주하게 길을 내고
마음이 먼저 도착한 바닷가에서
옛 기억들을 들추고 있다.

3부

기억

할머니 호객소리에 발목 잡힌 아내가
봄나물을 한 무더기를 산다
저녁상에 올라온 머위무침 한 접시
하늘가신 어머니가 좋아하시던 거라는
아내의 말 한마디에
숟가락질이 울컥거리는 저녁

마지막 용돈

편지 한 장을 받았다
모습조차 애틋한 이름 석 자
설렘과 우려로 개봉을 하니
생전 쓰시던 통장이 휴면계좌라며
잔액을 찾아가란다
은행으로 전화를 해서
이미 세상을 뜨신 분이라고 하니
몇 가지 서류를 안내해준다
서류를 발급받아 은행을 찾았다
이 것 저 것 확인하더니
내어주는 내역서와 현금
받아드는 손이 바르르 떨렸다
집으로 돌아와
아내에게 봉투를 건네며 말했다
큰며느리에게 주는
시어머니의 마지막 용돈이라고
아내는 오열을 했고
나도 눈물을 주체할 수 없었다
그날 저녁은 뜨는 둥 마는 둥
먹먹한 가슴은 밤새도록 뒤척였다.

풀에서 흙에서

내 마음이 추워 산소를 찾던 날
부모님은 가을볕을 쬐고 계셨다
사과 배 한 알 그리고 북어포
술잔을 채우고 인사를 올리니
구절초가 대신 끄덕거린다
어느덧 내 추위는 가시고
늦게 핀 배롱나무 꽃이 화사하다
산소에 기대어 하늘을 본다
낯익은 구름이 빠르게 가 버리고
두리번거리며 그 얼굴을 찾는다
손자 넷을 본 나이지만
여전히 엄마가 보고 싶고
호랑이 같던 아버지도 그립다
짧은 해가 어둠에 떠밀려가고
하얀 달이 둥글게 미소 짓는다
더 또렷해지는 얼굴들
풀에서 엄마 냄새가 나고
흙에서 아버지 냄새가 난다
산소에 기대어 있는 이 시간
나는 결코 고아가 아니다.

새댁

아내를 따라 시장구경을 간다
좌판을 펴던 할머니가
시선을 붙잡는다
새댁, 고추 오이 사이소
육십 초반, 손자가 넷인 여인을
새댁이라 부르다니
할머니의 립써비스가 파격적이다
아내의 얼굴을 힐끔 쳐다본다
아무렇지 않은 듯
이것저것 가격을 묻는다
아마 내색은 하지 않았지만
그런 말 들을 때마다
은근히 기분은 좋을 것 같다
넓은 이마 흰 머리 때문에
사십 초반에 어르신소리 들으며
지하철서 자리를 양보 받던 나는
새댁소리 듣는 아내가 은근 부럽다
십년 이십년이 흐른 후에도
여전히 새댁으로 살도록
세월이 아내를 비켜 가면 좋겠다.

돼지꿈 꾼 날

아침상 머리에서 꿈 이야기를 했다
아내는 복권이라도 한 장 사라한다
내복에 뭔 복권하며 상을 물리고 일어섰다
종일 분주하다 보니 해가 설핏해졌다
시장기를 다독거리며 집에 가는 길
제 몇 회 1등 당첨!!
플래카드가 펄럭거리는 복권가게 앞에서
발길이 머뭇거린다
복권을 사는 일에 익숙지 않아
선뜻 들어서기가 어색하다
혹시 누가 볼까하는 알량한 자존심이
사방을 살피다 냉큼 들어선다
복권 숫자를 적으려는데
복권 번호표를 잡고 테이블에 앉아있는
늙수그레한 남자가 보인다
눈을 지그시 감고 생각에 잠긴 모습
세상의 모든 신에게
좋은 번호를 점지해 달라 기도 하는 듯
그 표정이 사뭇 진지하다
간절하게 바라면 이루어지나니
이번 주는 저 남자의 절실함이 먼저다.

새벽에 만난 아버지

뎅, 뎅, 뎅
시계소리가 문을 흔들면
아버지의 헛기침소리가
슬몃슬몃 마루를 넘는다
잠은 여전히 꿈틀대지만
눈은 떠지지 않는다
아! 오늘은 일요일인데
투덜거리는 푸념을
머리까지 뒤집어쓴다
마른기침소리 점점 커지고
여닫는 문소리가 둔탁해진다
아버지의 인내심은 여기까지다
이젠 일어나야 한다

어느새 나도 잠이 줄어
새벽 6시를 넘기지 못한다
조심스레 현관문을 열고
조간신문을 뒤적거리는데
두런두런
아버지의 혼잣말이 들리는 듯하다
허겁지겁 흔들리며 사는 동안

멀리 떠나신 줄 알았는데
지금 것
내 가슴에 머무르셨나보다
이젠 내 나이가
그때의 아버지를 닮아간다

고주박이 아내

아파트화단 낙엽에
퇴근길이 움츠려 든다
그 앞에 쭈그리고 앉아 귀를 모으니
잔인한 햇빛과 비바람에 맞섰던 무용담이
쉴 새 없이 바스락 거린다

아내에게 전화를 한다
"여보 창을 열고 밖을 한 번 봐"
저녁을 준비하던 아내가
주방 쪽창으로 한 마디 툭 던진다
"아, 청승 떨지 말고 빨리 올라와요"

저 여인도 한때는
구르는 낙엽을 보고 시를 지으며
웃고 울던 때가 있었겠지
무엇이 저 감성을 고주박이로 만들었을까
부실한 흙덩이가 미안해서
현관을 들어서며 아내의 눈길을 피한다.

영등포역 골목의 추억 · 2

눈 덮인 도로가 발목을 잡던 날
기적소리가 기웃거리던 골목에는
여인숙이란 글씨를 매달은 등이
바람에 심하게 덜렁거렸다
삐걱거리는 이층의 복도의 끝 방
흔들거리던 알전구가 식은 후
우린 터질 듯한 가슴을 억누르고
마른침을 삼키며 웅크렸다
스물한 살짜리 심장의 펌프질은
합판 한 장이 막아선 벽을 넘나드는
만리장성 쌓는 소리에 뒤섞였다
새벽을 끌고 온 기차의 거친 숨소리가
쪽방 창문을 넘보기 시작할 무렵
우리는 서로의 입술을 더듬었다
시린 여명이 아침을 깨우고
기차가 한강철교를 건널 때쯤
우리의 첫 정사는 끝이 났다.

쑥국을 먹으며

딩동,
문자 한 줄이 퇴근을 재촉한다
봄볕이 너무 좋아
들에서 나물을 뜯었다는 아내가
저녁메뉴는 콩나물밥과 쑥국이란다
저녁시간은 한참이나 남았는데
입안은 어느새 침이 한 가득이다
퇴근을 서둘러 식탁에 앉으니
봄이 물씬대는 달래간장과 쑥국이다
얼마쯤 먹어 허기가 가시니
유년시절 이맘때면 연례행사로 먹던
개떡이 생각났다
가루보다 쑥이 훨씬 더 많고
사카린이 아까워 넣는 시늉만 했어도
세상에서 제일 맛났던 개떡
허겁지겁 먹고 있는 우리를 보며
미안해하시던 어머니는
함께 먹자는 말조차 고개를 돌리셨다
쑥국 한 그릇을 다 비웠는데
국그릇엔 어머니생각이 넘실거렸다.

조기의 꿈

뜨거운 프라이팬 속에
조기 두 마리가 펄떡거린다
온 집안이 바다로 출렁이고
렌지후드가 넘치는 바다를 퍼낸다
접시에 나란히 누워있는
커다란 조기의 눈에서
증오의 광기가 번쩍거린다
분주히 숟가락질을 하는데
아내가 이것 좀 먹으라며
조기접시를 밀어 놓는다
마주치는 섬뜩한 눈빛
생각 없다며 황급히 밀어낸다
남은 조기 한 마리
프라이팬으로 돌아가더니
페이퍼타올을 덮고 잠이 든다
용케 살아남은 조기는
서해 바다로 돌아갈 꿈을 꾼다.

아내들은 모른다

아내가 여행을 가거나
딸집에 가느라 집을 비우면
아내들은 남편이 즐거워할 거라 생각한다
물론 그렇다
혼자 남은 남편들은 자유다

친구들과 밤새워 술 마시고
보고 싶은 티비 채널 골라가며
밤늦게까지 볼 수 있어서 좋다
늦잠을 자도 잔소리 않든고
침대에서 애벌레처럼 빠져나와서
화장실을 좀 어질러놔도 괜찮다

그러나 아내는 모른다
준비해놓고 간 반찬을 다 꺼내
진수성찬을 차려놓아도
아내와 먹는 라면 한 그릇보다
맛이 없다는 사실을
침대 한 쪽 빈자리가 왜 그리 넓고
식탁 빈 의자가 얼마나 허전한지를

혼자 누리는 자유는 자유가 아니다
이보다 더 큰 구속은 없다
잔소리로 시작해서
잔소리로 끝나는 하루가 그립다
아내들은 꿈에도 모를
유치원생보다 더 유치한 남편들의 세계.

끝나지 않는 전쟁

여기저기 파편들이 널려있다
이박삼일 치룬 전쟁으로
만신창이가 되어버린 그녀는
자리를 보존한 채 누웠고
전쟁터는 기름 냄새가 진동한다
사십년이 다 되도록 이어지는 싸움
이젠 이력이 날만도 하건만
세월이 갈수록 후유증이 심각하다
화해도 외면도 할 수 없어
한해 두 번 숙명처럼 맞서는 전쟁
풋풋한 며느리 때는
이기는지 지는지도 모르게 지나갔고
이골이 난 사오십 대에는
연전연승하던 때도 있었지만
손자가 넷이 되어버린 그녀는
얼굴 모르는 조상님부터
자식 손자들 그느르기가 끝이 없다
그녀의 전쟁
언제쯤 끝이 날 수 있을까.

만만한 음식

먹고 싶다 말만 하면
진한 국물의 잔치국수부터
열무국수 비빔국수까지
뚝딱 만들어내는 아내를 보며
세상에서 제일 쉬운 음식이
국수라 생각했었다

아내가 집을 비우던 날
국수를 삶다가 손을 조금 데었다
대충 한 끼 때우려고 잔머리 굴리다가
진한 통증을 맛보고 나니
수없이 먹었던 아내의
국수 가락가락에 담긴 정성이
울컥 목에 걸린다

이제부터 국수를
만만한 음식이라 생각하며
간단하게 국수**나** 해먹자는 말
절대로 하지 말아야겠다.

아버지, 은행나무를 닮다

폭풍우 속에서도 되레 꼿꼿하다
달리는 자동차들이
고인 물 한껏 퍼붓고 가도
아버지에겐 이미 오수가 아니다
비를 피하기 위해
우산을 쓰는 것조차 사치다
태양이 이죽거리며
금방 태워버릴 듯 달려들지만
정수리가 다 타 민머리가 될지언정
약삭빠른 그늘에 고개를 숙여
햇볕을 피할 생각은 추호도 없다
날 믿고 태어난 열매들에게
멀건 수액조차 부족하지만
튼실한 속 채워줄 수 있다면
먹지 않아도 배부르다
잘 키운다고 나름대로 애썼지만
불쑥불쑥 내뿜는 악취에
사람들은 코를 막아도
세상에 내놓으면 쓰임새는 차고 넘친다
무시와 비난도 힘이 되고
포개지는 시련은 시련이 아니다
거치적거리는 이 땅의 자존심
아버지, 진즉에 내버렸다.

기억을 만나다

예기치 않은 기억과 마주친다
순간, 짠 맛이 도는 입안
남자의 눈물은
볼을 타고 흐르는 게 아니라
목구멍으로 흐른다
사물함 속
당신에게 처음 사드렸던
액정이 깨진 휴대전화
버튼을 누르면 금방이라도
따스한 목소리가 들릴 것 같아
차마 버리지 못했는데
잊었던 기억들이 합체를 하며
태산 같은 그리움으로 안긴다
온기 잃은 이 전화기는
내게 무슨 말을 하고 싶을까
오랜만에 마주하는 당신의 흔적에
어깨가 마구 흔들리고 있다.

또 그때

엷은 안개 그리고 노란 은행잎
또 그 때입니다
품에 안긴 당신의 숨소리는
쇠 긇는 소리였지만
앙상한 육신에서 느껴지던 기억은
아직도 따뜻합니다
잘 계시는지요
떠나신 게 몇 년인지
손가락을 꼽아봐야 아는 걸보면
바쁘다는 핑계조차 죄송한
못난 아들입니다
흔들의자에 앉으셔서
창밖을 내다보시던 그 모습은
내가 본 당신의 눈빛 중에
가장 맑고 순수했습니다
그때는 덥수룩한 수염과
손발톱이라도 잘라줄 수 있었지만
이젠 그것조차도 할 수 없네요
저도 이제 손자를 넷이나 봤지만
여전히 당신이 그립습니다.

국물 한 숟가락이 세상을 녹인다

바닥까지 곤두박질 친 한파는
올라올 기미조차 없다
삼한사온은 언제 적 이야긴지
주차장에서 현관까지
불과 몇 걸음 걸었는데
가슴에 달려드는 한기가 매섭다
연일 이어지는 북풍이
온 나라를 꽁꽁 얼려버린 저녁
깡통에서 바다를 꺼낸 아내가
얼큰한 참치찌개를 끓인다
한 숟가락을 떠먹으니
식도를 따라 파도가 출렁이며
내 뱃속은 바다가 된다
얼었던 몸에 훈기가 돌고
서걱거리던 가슴도 촉촉해진다
국물 한 숟가락의 온기
온 세상의 골목골목을 녹인다.

기억 · 3

내가 처음 기차를 타던 날
영등포역 대합실은
호각소리와 아이들 웃음소리가 엉켜
건물전체가 들썩거렸다
의자가 세로로 놓인 객차는
콩나물시루처럼 비좁고 무더웠다
기차는 충분이 느렸고
역마다 다 들려가며 간섭을 하는 듯
몇 분, 혹은 몇 십 분을 서성거렸지만
들뜬 웃음은 기차완 상관이 없었다
그 틈을 용케 비집어가며
계란이나 사이다를 팔던 아저씨도
소란에 한 몫을 보탰다
수학여행비는커녕
육성회비조차 짐이었던 아이는
선생님의 주머니덕분에
겨우 그 기차를 탈 수 있었다
신문지에 둘둘 말린 김밥 석 줄은
몇 정거장 가기도 전에 동이 났고
주머니 속에 이십 원은
계란장사가 수없이 지나갔어도

끝내 나오지 못했다
구겨진 채 어머니에게 돌아갔던 그 돈은
그때 우리 집의 전 재산이었다.

어떤 휴일

티비 보기조차 지겨운 휴일오후
피곤하다는 아내를 졸라 5일장에 갔다
봄바람에 등 떠밀려온 나물이
기울어가는 짧은 해를 힐끔거리고
몇 바퀴째나 순례하는 할머니 손에는
주렁주렁 비닐봉지가 포도송이다
각설이 엿장수 북소리도 지쳐갈 쯤
세상사 시끄러워 속을 비운 고등어는
소금 한 움큼으로 끼니를 때웠다
심사 뒤틀린 꽈배기의 달달한 호객이
엄마 따라 나온 아이 발길 붙잡고
호떡집은 여전히 불타는 중이다
바다를 건너온 바나나 오렌지는
몰려드는 사람들에 놀란 토끼눈이고
골목 끝에 펴놓은 아낙의 남새는
이제 두 무더기가 남았다
할머니 호객소리에 발목 잡힌 아내가
봄나물을 한 무더기를 산다
저녁상에 올라온 머위무침 한 접시
하늘 가신 어머니가 좋아하시던 거라는
아내의 말 한마디에
숟가락질이 울컥거리는 저녁.

놀이터의 기억

휴가 첫날
계곡이라도 가자는 아우성을
집 나가면 개고생이라는 말로 뭉개며
선풍기를 끼고 낮잠을 청한다
막 눈을 붙이려는데
창문을 넘는 왁자지껄한 소리
집 뒤 놀이터에 아이들이 그득하다
학원으로 학교로 체육관으로
놀이터에 나올 시간이 없어
명절 때나 겨우 볼 수 있던 모습이
오늘은 놀이기구마다 대롱대롱이다
삼복더위도 아랑곳하지 않는
저 뜨거운 에너지를 품은 아이들이
성적의 기대치에 억눌려 산다고
얼마나 힘이 들었을까
즐겁게 노는 아이들을 보니
먼 나라로 떠난 손주들이 생각난다
그 아이들의 웃음소리가
놀이터를 가득 채운 적도 있었는데
다시 만날 때는 훌쩍 커버려
저 놀이터를 다시 찾지 않겠지만
손주들이 아무리 나이를 먹어도
그때 기억은 잊지 말았으면 좋겠다.

박하사탕

딸아이 가족과 이별을 했다.
명절이나 방학 때마다
많은 만남과 이별을 경험했지만
먼 나라로 떠나가는
이번 이별은 특별한 이별이다
휑하니 뚫린 가슴 한편에
무거운 침묵이 들어앉아 있다
주차장까지 따라 내려가
손주들을 꼭 안아주고 싶었지만
내가 눈물을 보이면
떠나는 아이들의 발걸음이
더 무거워질 것 같아
현관문 앞에서 인사를 나누었다
승강기 문이 닫히는 순간
손자의 외침,
"잠깐만요. 할아버지한테 줄 게 있어요."
다시 문이 열리고
손자가 내미는 박하사탕 한 알
받아드는 순간
내 눈을 뿌연 안개가 덮어버렸다
사년이 지난 지금 그 사탕
내 서제에서 손자를 기다리고 있다.

만어사의 가을

구절초 한 포기 당차게
바위 틈새를 열었다
잠잠했던 세월이
비늘을 털며 퍼덕거린다
미루나무를 지키던 돌 의자
길손에게 자릴 권하고
여름내 독경하던 나뭇잎
하나 둘 윤회의 길을 떠난다
묵묵히 앉아있는 저 바위들도
헤아릴 수 없는 가을을
맞이하고 보낼 때마다
나처럼 번번이 스산했을까
만어사가 한 올 한 올
어둑살을 풀어놓으니
홀로 남은 그림자가 슬며시
너덜겅 건너 산을 내려간다.

중년

일그러진 세상 속에
중년이 제멋대로 흔들린다
콘크리트 벽에 부딪쳐
되돌아오는 숨소리가
아직 육신은 살아있다는데
언제부터인가
자아는 시름시름 앓고 있다
내 살아오는 동안
영혼이 고되지 않은 날
얼마나 있었던가
뒤따라오는 발자국이
뽀얀 먼지 속에 가물거린다
이만큼이나 살고도
또렷한 족적 하나 찍지 못해
여전히 허덕거리는 인생
헤아릴 수 없는 고뇌가
어둠을 헤집고 밀려 든다.

가을에서 겨울을 보다

몸보다 마음이 먼저
계절을 앞서 가는 것은
삶에 지친 영혼이 섣부른 기대를
미래에 걸어 본다는 것이겠지

기쁨이 다가오면
잠시 만지작거리다
뒤돌아 설뿐
꽉 붙잡지도 못하면서

마음은 늘 새처럼
어느 양지바른 곳에 내려앉아
날개를 손질하다가
낱알이나 쪼으며 사는 꿈을 꾼다

비가 와서
하늘도 일찍 닫힐 것 같은 날
버적거리는 생각을 내려놓고
싸늘한 바람에 낡은 외투를 여민다.

밤은 길을 잃고

술과 함께 젖어가던 밤의 기억 속
넬름거리던 카바이드 불빛에 우리가 있다
문학과 정치와 사랑을 안주삼아
불꽃처럼 흔들리며 바람처럼 웃던 너
소설 같은 세상에서 詩로 살자 하더니
뭐가 그리 급해 이승을 훌훌 털었는지
시장선술집에서 막걸리 말통을 비우던 날
안양천 둑길에서 오줌을 갈기며 질러댔던 노래들
아직도 둑 언저리에 흩어져 있을지
궁핍해도 꿈이 넘쳐 시를 읊조리던 입은
남루한 세월을 걸치고 질펀한 언어만 쏟아낸다
耳順이 넘었어도 이상을 위해
새벽밥을 먹어야 하는 현실이 가혹하다
비 오는 밤엔 술을 마시지 말아야겠다.

하와이안 썬셋

노을이 잠방거리는 와이키키해변
브룩쉴즈 싸대기를 칠 것 같은
파란 눈에 금발 여인이
슬며시 다가와 팔짱을 끼며 말한다
니하우와
깜짝 놀라 팔을 빼려고 하니
다시 인사를 한다
곰방와
인상을 쓰며 팔을 뿌리치니
활짝 웃으며 오우 쏘리
유어 코리안?
"안녕하세요"하며 우리말 인사를 한다
저녁노을이 지기 시작하면
백사장을 서성이는 밤에 피는 장미
아름답다고 함부로 꺾으려다
가시에 찔린다는 말이 생각났다
코리안 맨 베리 스트롱
원 헌드레드 유에스달러 오케이하며
흥정을 걸어오지만
가시의 우려에 떠밀린 호기심은
초연한 성자인 척 발걸음을 재촉한다.

허기를 기억한다

전깃줄에 목 걸린 바람이
밤새 비명 지르던 날
텅 빈 뱃속도 아우성이었다
겨울밤의 아침은 멀기만 했다
저녁에 끓여먹은 라면조차
기억이 가물거리고
아침밥을 기다리는 입에는
침이 한가득 고여 있었다
끼니조차 제대로 잇지 못하는 형편이라
세상에서 제일 무서운 것이
배고픔이라는 걸 알아버린 아이는
머릿속에 차곡차곡 식탐을 저장했다
기다리던 아침이 왔지만
양동이에 떠놓은 물이 꽁꽁 얼고
연탄불조차 꺼져버려
빈속으로 학교에 가야했던 날
가난보다 더 추위를 원망했었다
세월이 흐른 지금
두툼한 허리를 둘렀지만
그때의 허기를 기억하는 본능은
먹을 것 앞에만 서면
눈이 반짝 입맛은 쩝쩝이다.

마주치는 것들

결혼한 아들이 짐을 싼다
30년 살아온 부모 품 떠나
제 둥지 틀어 나간단다
구멍 난 자리로
집안 물건들이 위치를 바꾸고
흩어져있던 추억들은
한 곳으로 모여든다
미라가 되어가던 사진이
겨울 햇살 받으며 환히 웃고
40년도 넘은 우표모음집에서
까까머리 소년이 부스럭거린다
곳곳에서 온 상장과 메달은
저마다의 무용담에 의기양양하고
아내에게서 받은 연애편지에
낯빛 붉어지는 저녁나절
아들 떠나간 빈자리에서
마주치는 것들 모두 추억이다.

빈 기다림

살 만큼 살아온 나이라
그다지 기다릴 것도 없는데
비만 내리면 왠지
무슨 일이 있는 것처럼
엉덩이가 들썩거린다
이젠 더 이상 눈물 지을 일도
외로울 일도 없는 나인데
오후의 빗줄기는
식은 찻잔을 오르내린다
비에 흠씬 젖은 맥을 놓고
수평선에 눈 맞추는 것은
기다림인가 외로움인가
기다려야 할 사람도
만나야 할 사람도 없음에
진실로 외로운 날
텅 빈 기다림으로
나의 마음은 종일 출렁거린다.

해설

절벽 위의 풍경,
미味-美감의 필법

김순아
(시인, 문학평론가, 문학박사)

해설

절벽 위의 풍경, 미味-美감의 필법

김순아(시인, 문학평론가, 문학박사)

1. 쓰디쓴 현실과 시의 미味-美감

우리는 모두 개인들이다. 자기만의 체험과 감수성을 가진 특별한 개인. 동일한 사건, 사고를 접하더라도 그 느낌은 결코 일반적이거나 보편적일 수 없다. 개인은 공동체 속에 있지만, 본래 공동체와 별개인 단독자다. 단독자인 개인은 불안을 해소하기 위해 국가/사회 공동체를 형성하지만, 공동체의 가치인 상식이나 합리성은 오히려 개인을 억압하는 기제로 작용한다. 공동체는 상식과 합리성이라는 이름으로 단독자의 특별한 가치를 억압하고, 결국 공동체 안으로 끌어들인다. 다수는 그 폭압적 힘에 이끌릴 수밖에 없다. 불안을 해소하기 위해, 생존을 위해, 자기 고유의 감수성과 특별한 가치를 숨기거나 억누르고 사회의 구성원으로, 공모자로 스며들어가게 된다. 그리하여 마침내 '우리'가된 개인은 점차 '잃/잊'어버리고 만다. 제 본래적 가치와 생의 물기를, 살아 있는 삶의 맛을….

그러나 그 어느 시대든 공동체의 요구에 따르지 않는 자들이 있기 마련. 자신만의 특별한 체험, 특수한 감수성을 시의 언어로 발화(發話/發花)하는 자들, 사랑의 자유를 외치는 시인들이 바로 그들이라면, 유영호 시인에게도 폭압적 현실을 거부하고 부정하는 자의식은 그의 시를 이끌어가는 힘으로 작용한다. 지난 2008년도에 문단에 데뷔한 이후 지금껏 두 권의 시집을 상재한 시인은 첫 시집 『혼자 밥상을 받는 것은 슬픈 일』 이후 두 번째 시집 『바람의 푸념』에 이르기까지 지속적으로 현실과의 불화를 표출해왔다. 그의 시세계 전반에 보이는 불안, 상실, 슬픔의 정조는 폭압적 현실의 관습으로부터 벗어나 자기 본래적 가치를 회복하려는 시인의 열망에 닿아 있다.

이번 시집 『불면과 숙면 사이』는 이러한 시인의 열망이 도달한 새로운 지점을 보여준다. 이 시집에서 시인은 쓰디쓴 현실의 고통을 응시하는 한편 상처 입은 타자와 소통하려는 욕망을 보여준다. 그것은 타자로서의 자기 고통을 감각하는 미(味-美)감에서부터 출발한다. 미각-미감은 대상과 거리를 유지하고, 대상을 관조하는 데서 발현되지 않는다. 미각은 촉각에서 촉발되지만, 그보다 훨씬 더 능동적이다. 대상 세계에 능동적으로 개입하고 나아가 그 감각(느낌)을 자기화해야만 가능하다. 적극적으로 움직이며 세계 및 타자와 접촉하고 자기만의 감각으로 재구성하는 미(味-美)감. 그것은 시에서 내적 파열을 동반한 독특한 필법(筆法/必法)으로 드러난다. 따라서 유영호 시인의 이번 시집을 읽는 것은 무미한 일상의 의미를 새롭게 음미(吟味)하는 일인 동시에, 삶의 이면인 고통을 감각하는 일이 된다.

2. 허기의 시간, 몰락과 생성의 미味-美감

한 시인이 반복적으로 재현하는 이미지는 시인의 의식과 무의식에 관한 스냅 사진과도 같다. 찰나의 순간, 시인이 감각한 세계 또는 대상에 대한 복잡하고도 함축적인 정서는 마음이라는 저 무의식의 저장고에 이미지로 저장된다. 시의 감각이 그 이미지의 감각으로 구성된다면, 우선 그것을 들여다볼 필요가 있다. 시집을 펼친다. 무수한 목록의 '음식' 이미지들로 그득하다. 삶에 대한 지극한 욕망의 기호들…. 이보다 절실한 것이 또 있을까. 육신의 혀로 감각되는 '맛'은 살아 있음을 말하는 절절한 징표이다. 그런데 시인의 시에서 이 '맛'은 자아의 내면에 자리한 거대한 허기에 의해 삼켜져 버린다. 허(虛)-기(氣). 내적 결핍과 존재 균열의 징후를 암시하는 이 허기는 자아의 내부를 가득 채우면서 삶으로는 도저히 채울 수 없는 어떤 그림자들을 불러낸다. 그것은 한때 자신을 구성했던, 그러나 지금은 사라져버린 존재의 흔적들, 또는 죽음의 그림자들이다. 시인은 이 허기를 통해 삶을 실감(實感)하는 동시에 자기 내부에 자리한 죽음을 감각적으로 포착한다. 이 자리에 시인이, 당신이 있다.

그렇다면, 이 감각, 허기는 어디에서 발원하는 걸까?

하늘이 먹먹하다/ 흘러야 할 것이 흐르지 못해/ 밥 한 술도 고달프다// 세상은 나와 상관없다며/ 뻔뻔스럽게 잘도 흘러간다// 하루가 울컥거린다/ 입안으로 쓴 맛이 돈다
  -「남자도 울고 싶다」

그것은 "흘러야 할 것이 흐르지 못해"와 같이 막힘과 단절에서 기인한 것으로 보인다. "세상은 나와 상관없"이 흘러가고, 거기서 단절된 막힘의 상황은 "한 술의 밥도 고달프다"와 같이 시인의 삶의 피로를 누적시킨다. 이 피로는 시인의 몸이 놓인, 시인의 자아를 죽음으로 몰아가는 자본주의적 현실과 무관하지 않다. "뻔뻔스럽게 잘도 흘러간다"에서 보듯, 자본의 가열한 속도는 정지를 용납하지 않는다. 끊임없이 자본을 욕망하게 하고, 쉬지 않고 일하게 한다. 자본의 힘과 속도의 논리는 자아를 빨아들이고 자본의 욕망을 끊임없이 부추김으로써 결국은 자기 파괴의 지점으로 이끌려 간다. 그 속에서 개인의 내부적인 시간은 그 누구도 만날 수 없는 텅 빈 시간으로 경험된다. 시인은 여기서 경험하는 권태와 피로를 내면의 허기로 실감하고, 일상적 삶의 이면에 자리한 공허함을 먹먹한 하늘로 가시화한다. 그 허기는 병의 징후로도 표출된다. 울혈처럼 치솟는 저 "울컥"은 외부의 충격에서 생겨난 것이 아니라, 안으로부터 밖으로 배어나오는 것이다. 그것은 내적 파열을 환기한다. 그러니까 울컥거리는 몸은 내부의 폐허를 드러내는 징후적인 몸인 셈이다. 시인은 이 폐허의 심리 상태를 입안에서 도는 '쓴 맛'으로 감각한다. 이 맛은 먹먹하다는 시어와 어우러져서 쓰디쓴 현실에서 느끼는 정서적 공복과 고통을 절절하게 보여준다.

시인의 내면을 채운 허기는 포만을 향한 욕망으로 이어져, 시인으로 하여금 새로운 공간으로 발걸음을 옮기게 한다.

바닷물이 자리를 비우면/ 갯벌이 몸을 연다/ 그 남자가 갯바람을 가르며/ 속으로 들어간다// 빈 몸 빈 삽자루로 태어나/ 갯벌

에서 평생을 보낸 그에게/ 바다는 식지 않는 자궁이요 고향이
다/ 할아버지. 아버지 처자식들까지도/ 그곳에서 태어났고/ 낙
지 조개가 그들을 먹여 살렸다
「그 남자의 고향」

그곳은 온갖 이미지들로 구축된 자본주의적 현실공간이 아니
라 "바닷물이 자리를 비우면" 몸을 여는 "갯벌"이며, 바닷물이 다
시 밀려들면 캄캄하게 어두워지는 깊고 어두운 심해이다. 아버
지의 아버지들이 태어나 주검으로 돌아간 그곳은 시인에게 그리
움과 두려움이 교차하는 공간이자, 고통과 매혹이 함께 존재하
는 영도의 공간이다. 그 안으로 들어간 자는 죽음이 내뿜는 차가
운 매혹에 빨려 들어 다시는 현실로 귀환하지 못할 터이다. 시인
의 의식은 죽음을 통해서만 도달할 수 있는 이 불가능성의 지대
로 끝없이 걸어 들어간다. 이 불귀(不歸)의 세계 속으로 걸어 들
어가려는 열망은 역설적으로 삶에 대한 열망과 다르지 않다. 죽
음이란 결국 삶을 의미를 새롭게 발견하는 방법 아니던가. 시인
은 절대적 심연의 그 깊은 곳에서 비로소 대면하게 된다. 빈 몸,
빈 삽자루로 살다 간 할아버지, 아버지, 그 처자식들. 그리고 그
들을 먹여 살린 낙지와 조개 같은 여린 생명들. 그'것(타자)들'의
숭고한 희생과 노동의 힘에 의해 푸르게 살아나는 바다의 생명
력을. 이때 바다는 죽음과 삶, 어둠과 빛이 서로 어우러지고 희
생과 소생이 공존하는 제의적 공간으로써, 소멸이 아니라 생성
의 공간으로 상승하게 된다. 시인은 이곳에서 폐쇄된 공간을 넘
어설 새로운 생성의 공간을 찾아냄으로써 자신의 삶을 새롭게
구축해가려 한다.

이렇듯, 죽음을 통해 새로운 삶을 꿈꾸는 시인의 시적 도정은 소통으로 열려진 서정의 시간을 찾아 잃어버린 노스탤지어를 노래하기에 이른다.

봄이 물씬대는 달래간장과 쑥국이다 / 얼마쯤 먹어 허기가 가시니 / 유년시절 이맘때면 연례행사로 먹던 / 개떡이 생각났다 / 가루보다 쑥이 훨씬 더 많고 / 사카린이 아까워 넣는 시늉만 했어도 / 세상에서 제일 맛났던 개떡
―「쑥국을 먹으며」

골목 끝에 펴놓은 아낙의 남새는 / 이제 두 무더기가 남았다 / 할머니 호객소리에 발목 잡힌 아내가 / 봄나물을 한 무더기를 산다 / 저녁상에 올라온 머위무침 한 접시
―「어떤 휴일」

음식냄새가 게으름을 일으키고 / 식탁에 올라온 메밀국수가 / 입안 가득 침을 고이게 한다 / 고명으로 올린 상큼한 오이냄새가 / 허겁지겁 콧구멍으로 들어간다 / 숨도 안 쉬고 그릇을 비우다 / 무심코 메밀국수포장지를 봤다 / 중국산 메밀가루 미국 밀가루 / 인도산 콩에 인도네시아 가쓰오브시 / 캐나다 겨자가루 국산 파와 김 / 식탁 위 원형무대에 / 여섯 나라 대표가 참여했다
―「메밀국수의 바람」

위 시들에서 시인은 달래, 쑥, 개떡, 사카린, 머위, 남새와 같은 수많은 음식물들의 기호를 불러 모은다. 여기에 나열된 음식

물의 기호들은 일반 고유명사가 아니라, 한때 자신에게 깊은 의미를 지녔으나 이제는 사라진 모든 시간의 상징으로 떠오른다. 그것은 사금파리처럼 빛나던 유년의 시간, 가난과 추위와 허기를 녹이며 정을 나누었던 어린 날의 가족들, 고통 속에서도 미래를 꿈꾸었던 고향에 대한 그리움과 안타까움이 고여 있는 시간의 저장고이다. 시인은 이러한 시간의 기원을 더듬어 멀고 먼 의식의 이동을 통해 낡은 시간을 기행한다. 그리고 거기서 서로를 걱정하고 서로를 먹이는 사람살이의 정을 찾으려 한다. 이는 잃어버린 고향, 자기 근원을 확인하려는 작업에 다름 아니다. 그러나 현재의 나는 과거의 시간 속으로 돌아갈 수 없다. 과거의 기억은 늘 어렴풋하고, 희미한 빛으로만 존재한다. 이 순간 시인은 또 한 번 울컥, 쓰디쓴 맛을 경험한다. 「메밀국수의 바람」에서 진설된 메밀이나 오이도 고향을 대신하는 실물성의 이미지들이다. 그러나 그 생생한 질감과 미감에도 불구하고 이 물질들은 고향의 부재만을 선명하게 환기할 뿐이다. 세계를 지배하는 글로벌의 흐름이 모든 대상의 고유한 근원을 휘발시켜버린 까닭이다. 이 글로벌한 시대에 고향이란 부재하는 기원을 은폐하는 허구적 상상물이며, 그리하여 수시로 환기되는 음식물 역시 고향이라는 텅 빈 공백을 대신하는 씁쓸한 맛의 기호들로 출현하게 된다.

그럼에도 불구하고 시인은 고향을 환기하는 노스탤지어의 노래를 좀체 포기하지 않는다. 그것은 상실된 대상을 향한 노스탤지어의 노래가 시인의 허기를 달래주는 동시에, 다른 곳으로의 떠돎을 가능하게하기 때문일 것이다. 시인은 자발적으로 유배자 곧 이방인의 자리에 자신의 거처를 마련하고자 한다. 이 유배자-난민의 자리는 현실적 공간의 좌표에 정주하기를 거부하는 시인의 고유한 위상과도 관련된다. 스스로 유배자–난민의 자리에 놓임으로써, 시인은 세계의 고통을 실감하는 견자가 된다. 허기에서 비롯된 시인의 고향에 대한 그리움이 단지 회고적 정조에 머무르지 않는 이유도 여기에 있다.

3. 역사의 난간, 비애와 환멸의 미味–美감

부재하는 것들, 지상에서 존재의 흔적을 지워버린 것들에 대한 시인의 그리움은 내면 공간을 경유하여, 전장과 같이 치열한 공간으로 뛰어들게 만든다. 거대 이념이 사라진 자리에 다시 우뚝 솟아난 이념, 그것이 장악한 우리의 터전, 이 자본주의 대도시…. 이 재난의 역사적 난간에 선 시인은 자신의 내면에 고여 있는 비애와 분노, 절망과 환멸의 정서를 가감 없이 쏟아 놓는다.

이념이 갈라놓은 나라/ 반 토막짜리 땅조차/ 진보와 보수가 난도질하고/ 아전인수로 쌈질이나 하는/ 여의도의 변종 인간들처럼/ 홍수와 폭염의 극한 대립이다
–「날씨들의 지방자치」

기온이 추락했다 / 나뭇잎이 추락했다/ 덩달아 삶도 추락했다 // 추락하는 것이 어디 그뿐인가 / 반등할 기미조차 없는 불경기에/ 자영업자 소득은 곤두박질치고/ 판매부진 수주절벽에/ 직장도 문을 닫아/ 청춘을 바친 일자리도 추락했다/ 직업을 찾아 떠도는 사람들 / 혼밥 혼술은 일상이고/ 결혼율도 출산율도 동반

추락했다// [중략]// 이렇게 온 나라가 추락하는데/ 차기 선거에
만 집착하며 지지율 하락을 고심하는 정치는/ 저 많은 추락들을
어찌 곧추세울까
-「추락」

위 시들에서 시인은 자본주의적 현실 정치에 대한 비판의식을
강하게 보여준다. "홍수와 폭염의 극한 대립"은 짝패가 갈린 정
치인들의 충돌을 드러내 주는 표지이다. 추락하는 민생을 외면
하고 "차기 선거에만 집착하며 지지율 하락을 고심하는 정치"에
대한 야유는 세계와 불화하는 시인에게 어쩌면 당연한 일인지도
모른다. 기실, 자본의 축적 체계에 올라앉은 정치권력은 현실로
부터 모든 가능성과 역사적 비전을 박탈해가고 있다. 공동체의
역사와 이념의 비극성이 휘발된 광장은 자본이라는 향락적 요구
속에서 망령들이 춤추는 소극장이 되어버린 지 오래이다. 공유
된 역사에 대한 기억이 자본의 관념으로 대체되면서, 우리는 누
구도 친구가 될 수 없게 되었다. 자본의 관념을 실어담은 각종
영상매체는 우리를 끊임없이 부추긴다. 자신을 특별하게 꾸며내
어야만 경쟁에서 이길 수 있고, 그에 따른 신분, 지위를 획득할
수 있다고. 자본의 유무는 자신의 행불행뿐 아니라 생존과도 직
결되기에, 모두는 자의든 타의든 자본과 공모하게 된다. 이 흐름
에서 소외된 존재들은 주권의 영토에 포함되지 못한 채 지금도
죽음으로 내몰리고 있다. 자본/국가로부터 배제되어 집-거주의
장소를 빼앗긴 자들이 거주할 수 있는 곳은 죽음의 영토뿐이다.
그들에게 사랑과 결혼, 출산은 사치일 뿐 아니라, 아예 불가능하
다. 혼밥, 혼술, 결혼율, 출산율 하락은 바로 이 지점을 비춘다.

시에서 시인이 느끼는 "추위"의 냉감각과 폭염의 열기는 시인이 몸으로 체감한 감각이며, 반복되는 추락의 이미지는 사회 내 이방인, 타자, 주변인으로 살아가는 자신의 모습이다. 판매부진, 수주절벽, 결혼율, 출산율 등 가파르게 분절되는 음절들은 추락이라는 절망적 시어와 결속됨으로써 이 추락이 완료된 사건이 아니라 현재에도 진행 중임을 보여준다. "저 추락들을 어찌 곧추 세울까"하는 데서는 이러한 현실에 대한 시인의 분노와 야유가 직접적인 언술로 드러난다. 그런데 이 야유는 어떤 독자에게 이런 의문을 불러일으킬 수 있다. 비속한 자본-정치권력에 대한 적대감과 반감은 결국 그들이 중요하게 생각하는 가치에 동참하는 일 아닌가. 사실 그렇기도 하다. 니체의 시각을 빌려 말하면, 적대감과 반감은 적대시하는 대상이 '중시하는 가치'를 인정하고, 똑같이 중요시하면서 부지불식간에 동참하게 되는 표상이다. 적대감과 반감은 사회 약자를 괴롭히고 억압하고 무시하는 자들이 소중히 여기는 그것(지식, 자본, 권력)을 똑같이 공감하고 똑같이 중시하며, 그것의 중요성을 배가시키는 데 기여하게 된다. 이는 역설적으로 나도 그것들을 가지고 싶고 누리고 싶다는 원망이나 푸념과 별반 다르지 않다.

　그렇다면 시인은 비속한 정치를 야유하는 데 그칠 것인가. 그렇지 않다. 시인은 현실에 공모한 자신의 비속한 모습을 가감 없이 드러냄으로써 타락한 사회에 물든 자신의 위선을 폭로한다. 순수한 것, 깨끗한 것, 결백한 것을 강조하는 현실 정치의 위선을 냉소적으로 바라보며, 그 위악을 부정하는 것이 아니라, 돌아서 더러운 현실을 스스로 껴안음으로써, 진창의 현실에 놓인 자아의 부정성을 폭로하는 것이다. 어쩌면 이것이 시인을 돋보이게 하는 매력인지도 모른다.

> 습관이 되어버린 점심시간/ 쫓기듯 몰려나와 음식점을 찾아 헤
> 매는 무리들/어디서 뭘 먹을까/ 모드가 같은 시간 안에 끼니를
> 해결해야 하다/ 이보다 더 과중한 숙제가 또 있을까
> ─「숙제」

> 의미 없는 건배 제의에/ 생각 없는 술잔을 들었다 놓는다/ 오고
> 싶지 않은 자리. 그러나/ 뒷담화의 주인공이 나 일까봐/ 속이 울
> 컥거려도 기필코 참석하는/ 우리 속물들의 신년회
> ─「속물들의 신년회」

「숙제」에 등장하는 무리들은 자본의 생존 경쟁에 결박되어, 자기 정체성을 잃고 유령처럼 살아가는 소시민들이다. 짧은 시간 내에 점심을 해결해야 하는 이들에게 음식은 끼니를 해결하기 위한 수단일 뿐, 미각(味覺)으로 상승된 미감을 경험할 수 없다. 서로의 마음을 이해할 시간도 없이, 힘겹고 거친 삶을 산다. 쫓기듯 불안하게 점심을 먹는 행위는 이들이 경쟁의식에 종속되어 있음을 보여준다. "습관이 되어버린 점심시간"은 자본에 결박된 존재의 비루함을 보여주기 위한 장치로 보인다. 자본주의 사회에서 개인의 몸은 자본에 의해 양육되는 식민지에 불과하다. 자유는 식민지화된 몸의 식민지화를 거부하는 실천적 투쟁을 통해서만 얻을 수 있지만, 시의 "무리"들은 그런 투쟁의욕을 보이지 않는다. 다만 때가 되면 "습관"처럼 움직인다. 이때 이 무리들의 몸은 자본을 주인으로 모신 식민지이며, 그 공간은 생명력을

억압당하는 일종의 감옥이 된다. 시인은 이 감옥 속에서도 먹는 일에 골몰하는 자아를 통해 진창의 현실에 결박된 자아의 부정과 환멸을 동시에 보여준다. 「속물들의 신년회」에서는 보편적 다수의 폭력에 굴욕적으로 동참하는 비속한 자아의 모습이 드러난다. 한 사람이 사라진 자리에서 다수에 의해 모아지는 담화는 그것이 무엇이든 타인을 향한 폭력으로 이어진다. 그것이 "뒷담화"라는 언설로 표현될 경우 더 말해 무엇 하랴. "뒷담화의 주인공이 나 일까봐/ 속이 울컥거려도 기필코 참석하는" 신년회 모임에서 진정한 의미의 친밀한 관계나 거기서오는 자유를 맛볼 순 없다. 시에 등장하는 "방송"이라는 매체는 권력적 언어의 억압성을 환기한다. 그럼에도 불구하고 형식적인 관계를 유지해야 하는 이유는 그들로부터 소외되지 않기 위해서이다. 시인은 그 억압적 힘에 이끌리는 비천한 현실을 "속이 울컥"이란 신체 반응으로 드러낸다. 이 반응은 세계의 부조리와 소외의 공포에서 오는 내적 갈등과 긴장의 결과로서, 비속한 진창의 현실에 놓인 자아의 슬픔을 동시에 보여준다. 이렇듯 진솔하게 자신을 드러내는 시인에게 현실은, 또 시 쓰기는 얼마나 더 힘들었을 것인가. 그럼에도 불구하고 자신을 던진 시인에게 시적 정치는 고결함과 깨끗함을 말하는 위선자들의 정치나 결벽성을 말하는 자기기만이 아니라, 세계와 현실의 비루한 진창을 끌어안는 순간 실현된다.

시인에게 육체는 현실로 깊이 들어가려는 의식적인 공간이다. 자본의 동일화 논리와 보편적 다수의 폭력성이 지속적으로 새겨지는 몸은 시인의 시에서 내적 파열을 동반하는 고통으로 이어지며, 그 풍경은 현실과 대응하는 긴장과 갈등, 싸움의 흔적으로 채워진다.

오 일 장터를 떠돌며/ 난전을 펴 생계를 잇는 그는/ 이번 비 때문에 3일이나 공쳤다/ 가을가뭄에 식수가 걱정이라는/ 윗 지방의 애타는 뉴스보다/ 식솔들의 끼니가 더 걱정인 그는/ 빈속에 소주잔을 털어 넣고/ 오이 하나를 분질러 와그작 씹는다/ 빗방울은 잦아들지 않고/ 상가 처마 밑에서 비를 피하며/ 쪽잠이든 박 씨/ 번듯한 가게에서 장사하는 꿈을 꾸며/ 입가에 빙그레 미소를 매달았다.

– 「박 씨의 꿈」

이 시에서 시인은 헐벗은 타자의 내부에 자리한 어둠과 고통을 읽어내고 이를 자신의 화폭 속에 옮겨 놓는다. 오일장을 떠돌며 생계를 잇는 사내의 모습에서 시인은 소외된 존재를 대면하고 있다. 오일장의 왁자함과 절연된 채 움츠러든 이 존재의 고독한 잠은 "장사"로 대변되는 국가 경쟁−경제논리에서 내몰린 자의 고독을 상징적으로 보여준다. 국가권력은 주권을 상실한 헐벗은 삶을 삭제시키는 추방의 논리를 폭력적으로 관철함으로써 이루어진다. 그 안에 개발 또는 진보라는 이름으로 권력공간을 구축하려는 자본의 논리가 작동하고 있음은 물론이다. 번듯한 가게−거주지도 없이 떠도는 박 씨는 이 논리 안에서 자신의 영토−주권을 빼앗긴 자의 이미지와 겹쳐진다. 그런데 여기서의 박 씨도 자신의 주권을 되찾고자 하는 저항의 의지를 보여주지 않는다. 다만 빈속에 소주를 털어 넣고, 쪽잠이 든 채 번듯한 가게에서 장사하는 꿈을 꾼다. 이때 그의 입가에 매달린 미소 안에는 자본의 경쟁−경제 논리에 공모하고자 하는 은밀한 욕망이 내장돼 있다. 시인은 이렇게, 존재의 일그러진 모습을 통해 폭압적인 현실에 대한 부정과 그 현실에서 벗어나지 못하는 자아에 대한 환멸을 동시에 드러낸다.

그것은 '추위와 맞서는 노숙자'(「노숙자의 하루」), '술로 끼니를 때우는 남자'(「중년남자」), '점심시간이 되기 전부터 곰탕 설렁탕이냐 미리부터 고민하는 남자'(「대단한 고민들」) 등에서 반복적으로 표출된다. 이 시들에 출현하는 타자의 이미지는 그대로 시인의 자화상에 투영된다. 시인이 그려낸 타자의 표정은 결국 자신의 내면 표정이다. 그의 시적 언어는 현실의 곳곳에서 마주치는 비루한 삶의 파편 속에 자신의 얼굴을 새겨 넣는다. 이 진창의 현실을 벗어날 수 없는 타자들의 고통과 신음을 자신의 고통과 엮어서 시인은 무수한 자화상을 그려낸다. 그리고 그 균열의 틈새에 자유를 저당 잡히고도 행복한 듯 살아가는 우리의 일그러진 얼굴들을 채워 넣는다. 이를 통해 창조적 생산이 불가능해진 현실에 대한 절망과 동시에, 잔혹한 역사의 파편 속에서 새로운 시간을 꿈꾸는 강렬한 열망을 드러내 보인다.

4. 생존의 벼랑, 불화와 치유의 미昧-美감

유영호 시인의 시선에 비치는 사람들은 대개 정주할 터전을 잃고 쫓기는 자의 모습으로 그려진다. 생존의 아찔한 벼랑에서 삶과 죽음의 위기를 경험하는 사람들은 타인과 갈등하고 경쟁하는 참혹한 모습으로 다가온다. 시인은 이 참혹함을 고통스럽게 받아들이고, 그 고통의 첨점(尖點)으로 자신과 다른 것으로서의 타자를 포용하고 소통하려는 욕망을 보여준다.

한파는 골이 깊었다./ 불황의 칼바람이/ 떨어트린 중년의 모가지들./ 제 식솔 땟거리조차/ 건수하기 벅찬 사람들은/ 주고받는 눈인사도 푸석거린다/ 담배꽁초 쓰디쓴 맛에/ 속은 타들어가고/ 이제나 저제나 불릴까/ 이름 기다리는 귓가로/ 신경세포가 붉게 달아오른다/ 알량한 전 재산은/ 곶감 빼먹듯 다 먹어치우고/ 꼬챙이만 남은 건 오래 전 이야기'/ 손자들 재롱 보며/ 웃어도 좋을 나이가/ 모닥불 속에 재가 되고 있다.

　　-「인력시장」

　여기 등장하는 중년의 이미지는 자본주의적 현실 속에서 위기와 불안을 안고 살아가는 존재의 위기를 환기시키는 한편, 현실의 이면에 자리한 실업의 공포를 드러내주는 상징이다. 노동으로부터 소외된 실업의 절박함은 "불황의 칼바람이/ 떨어트린 중년의 모가지"라는 육체의 이미지로 떠오르며, 그들 사이의 긴장은 '골 깊은 한파'나 '푸석거리는 눈인사'로 환기된다. 이 갈등 속에서 자신을 되비추어볼 타자는 존재하지 않는다. 되돌아갈 과거도, 나아갈 미래도, 자신을 비추어볼 타자도 없이, 팔려가야 할 상품으로 전락한 자아에게 현재는 「인력시장」이란 경쟁-경제적 시장으로만 인식된다. "칼바람"에 내장된 위기와 공포는 일상적 세계가 퍼뜨리는 권태에 침윤된 시간이 아니라, 치열한 생존의 긴장으로 유지되며, 그 긴장은 "이제나 저제나 불릴까/ 이름 기다리는 귓가로/ 신경세포가 붉게 달아오른다"에서 극적으로 심화된다. "손자들 재롱 보며/ 웃어도 좋을 나이가/ 모닥불 속에 재가 되고 있다."에서는 이 긴장된 갈등이 죽음에 이르기까지 지

속된다는 절망감을 보여준다. 한 사람의 지아비로서, 또 식솔들을 거느린 가장으로서, 한파를 경험한 시인에게 현실은 매 순간이 생존의 벼랑이며, 끊어진 길이고, 폐쇄된 문으로 인식되는 듯하다. 이 고통의 시간이 바람이라는 현실과 맞닿는 순간 그것은 새로운 의미를 담기 시작한다. 그것은 '그럼에도 불구하고 살아야 한다'는 엄정한 사실이다. 불황의 긴 시간 속에서, 그래도 살아야한다는 당위성은 현재를 견디며, 오롯한 자신을 대면하게 만드는 준엄한 세계의 명령이다. 극도로 예민해지는 귀, 겉도는 눈인사는 하나의 공동체로 모여들지 않고 푸석푸석 흩어진다. 이 분열의 풍경 속에서 시인은 현실에 맞서야만 하는 자신의 고독한 운명을 발견한다. 여기서 느끼는 담배꽁초의 쓰디쓴 맛은 시인의 타들어가는 내면을 경유하여 시장이라는 현실 공간 안으로 스멀스멀 번져나간다. 이렇게 타들어가서 다시 뿜어져 나오는 쓴 맛은, 우리로 하여금 소비의 이면에 자리한 끔찍한 실업의 현실을, 공허한 일상의 이면에서 자라는 노동자들의 비명을 감지하게 한다.

그 단말마 같은 시인의 비명과 절망은 헐벗은 삶으로 내던져진 타인의 고통을 감지하는 방식으로 새롭게 변주된다.

늦은 오후 컵라면을 먹다가/ 문득, 이것조차 마음껏/ 먹지 못하는 사람들이 생각났다/ 하루 세 끼 배불리 먹다/ 밥맛이 없을 때나/ 간식으로 가끔 먹는 라면이/ 누군가에게는 생명을 잇는 음식이란 생각에/ 라면 한 젓가락이/ 너무나 귀하게 느껴졌다/ 나에게는 간식일지라도/ 어느 누군가에겐/ 목숨만큼 소중한 가닥

이라니/ 먹는 내내/ 속이 개운하지가 않았다/ 그날은/ 건강 생
각하며 남기던 국물조차/ 차마 남길 수가 없었다
-「라면을 먹다가」

위 시에 등장하는 컵라면은 흔히 간식으로 인식되는 음식물이
다. 그러나 현실에서 배제되어 가난에 직면한 사람들에게 컵라
면은 결코 간식이 될 수 없다. 노동의 현실에서도 내몰려 어떤
가능성도 박탈당한 사람, 추위와 허기, 가난과 외로움에 떠는 사
람들에게 한 컵의 라면은 곧 밥이고, 목숨이다. '밥 없음'이 곧 죽
음을 의미한다면, 이 '없음'의 지독한 현실은 사람들 간의 살벌한
대응구도를 만들 수밖에 없다. 그 끔찍한 구도를 몸으로 체감한
시인에게 라면국물은 삶의 짜디짠 즙이자, 먹이와 사투를 벌이
며 흘린 눈물의 맛이었을 것이다. 그러나 시인에게 허락된 것이
어찌 먹이와의 싸움만 존재하겠는가. 따뜻하고 짭조름한 라면
국물은 시인의 입을 통해 그 내면에 스며들어 잔뜩 경직되고 굳
어 있는 자아를 숨 쉬게 만든다. 이로써 시인은 자기 아닌 타자
를 새롭게 감각하게 된다. "나에게는 간식일지라도/ 어느 누군가
에겐/ 목숨만큼 소중한 가닥"에서 보듯, 시인에게 음식은 단순히
끼니를 해결하는 대상이 아니었다. 그것은 시인에게 나눔의 대
상이다. 고통의 나눔, 마음의 나눔, 꿈과 미래에 대한 나눔…. 이
를 통한 연대와 결속. 그 연대는 결코 자본의 축적체계에 올라앉
은 권력자들과의 나눔이 아니다. 그것은 생존의 벼랑 끝에 내몰
린 자들 간의 나눔을 말한다. 이 세계에서 버려진 자들 간의 연
대, 그리고 사랑. 그 나눔, 함께함이 먹을거리와 밀접하게 결부
되어 있다는 사실을 시인은 간식으로 치부되는 라면을 통해 강

조하고 있는 것이다. 이렇게 음식을 음미하는 시인의 인식의 바탕에는 인간, 자연, 음식, 사랑이 하나의 울타리가 되어 동시에 움직이고 있음을 보여준다.

그 근본지점, 나눔-사랑에 대한 시인의 인식을 형성하는 그 토대는 바로 여기에 있는 듯하다. 어머니…. 시인이 전투복을 벗고 가장 나약한 육체로 만나게 되는 그 대상.

예기치 않은 기억과 마주친다 / 순간. 짠 맛이 도는 입안 / [중략]/ 온기 잃은 이 전화기는 / 내게 무슨 말을 하고 싶을까 / 오랫만에 마주하는 당신의 흔적에/ 어깨가 마구 흔들리고 있다.
—「기억을 만나다」

어머니에 대한 기억은 예정된 시간에 약속처럼 도래하지 않는다. 기억은 나의 몸이, 내 시선이 어딘가에 부딪쳐 충돌할 때, 우연한 충돌에 의해 내면의 의식이 준동할 때, 그때 떠오른다. 그 무엇과 부딪쳐 자의식이 붕괴되는 순간, 나의 삶 밖으로 사라진 것들, 극단적으로 죽음에 이른 대상이라 할지라도 실존의 양태를 띠고 떠오르게 된다. 이 시에서 그것을 가능케 하는 매개는 어머니가 간직했던 휴대전화다. 시인은 사물함을 열다가 우연히 어머니가 간직했던 휴대전화를 발견한다. 어머니의 손때가 묻은, 액정이 깨진 휴대전화와의 마주침은 시인의 명료한 의식을 깨고 현실의 연속적 시간을 빠져 나가 과거의 어떤 한 순간 속으로 돌아가게 한다. 거기서 시인은 수 년 전 혹은 수십 년 전에 자신을 바라보던 어머니의 눈빛을 본다. 따스한 음식만큼, 따스한 사랑으로 시인에게 말을 건네던…. 그러나 그 어머니는 이미 깨

져버린 휴대전화의 액정처럼 복원할 수 없는 존재가 되어 있다. 다시는 만날 수 없고, 따라서 불통 관계에 있다. 그 불통은 시인으로 하여금 걷잡을 수 없는 슬픔으로 밀어 넣는다. 짜디짠 눈물의 맛을 보게 한다. 이 맛, 다시는 만날 수 없다는 저 도저한 그리움과 절망에서 오는 이 물큰하고도 짠 눈물의 맛이, 시인에게는 그렇게 헤어져서 다시는 못 만나게 될지도 모를 타인을 감각하게 한 근원이었을지도 모른다.

어머니로부터 떠나와 이 세계의 이방인으로 떠돌고 있는 시인에게 몸은 자신의 마음이 들어가 편히 쉴 집이 아니었다. 시인은 방황한다. 떠돈다. 그리고 찾는다. 자신과 함께할 대상을. 그 과정에서 '오래된 사진관의 유리창 앞에서 흔들리는 중년'(「불면과 숙면 사이」)과 '서로 욕설을 하며 싸움을 하는 식당 부부'(「어느 부부」)와 '끼니를 잇기 위해 도시의 거리를 헤매는 고양이'(「애먼 밤」), '복권 번호표를 잡고 앉은'(「돼지 꿈 꾼 날」) 가난한 이들의 삶을 대면한다. 그러나 가난을 결코 미화시키지 않는다. 가난을, 더 나아질 가망이 없다는 절망을 시인은 비관적으로 인식하면서, 이 만연한 절망을 따뜻한 시선으로 바라보려고 한다. '불쑥불쑥 내뿜는 악취에 사람들은 코를 막아도 쓰임새 차고 넘치는 은행'(「아버지 은행나무를 닮다」)처럼 시인은 냄새나고 오염된 것들을 애써 감싸 안는다. 더러운 것, 하찮은 것으로 치부되는 것들의 고통과 절망을 감싸 안으면서, 우리가 감각하지 못하는 것을 감각하면서, 시인은 절망 아닌 절망을 노래한다. 그 경쾌한 절망의 비가(悲歌)가 우리들 마음 모서리를 깎으며, 우리들 사이로 이리저리 굴러다닌다. 조약돌처럼, 조약돌처럼(「조약돌이어서 행복해」).

5. 시를 쓴다는 것

　시를 쓴다는 것은 스스로에게 과중한 숙제를 부여하는 일인지
도 모른다. 어쩌면 이 폭압적 현실로부터 벗어나기 위해 스스로
를 저 광대한 백지 위의 벼랑에 자신을 세우는 일인지도⋯. 그
아슬아슬한 낭떠러지 앞에서 한없이 떨렸을 시인의 손, 그 전율
과 두려움 속에서 투신하듯, 자신을 던지면서 역설적으로 더 과
감해졌을 시(詩). 그 무모하고도 담대한 시인의 손을 생각하며 이
제 또 맞서야 할 우리의 현실을 바라본다. 도저히 감당하기 어려
운, 이 폐허의 현실과 나와 너 사이의 파탄과 그리고 무수한 배
반들, 어떻게 견뎌야 하나⋯. 안녕, 마지막처럼, 처음처럼 흔들
던 시인의 손을 떠올린다. 그리고 그 손이 경험했을 고통의 다른
이름을 생각한다. 사랑, 그리고 자유. 시는 그것을 향한 정념, 아
니 전염이 아닐까 싶다. 사랑에 전염된 존재들은 더 이상 과거의
자기로 남아있지 않다. 전염됨으로써 다르게 되고, 다르게 됨으
로써 새롭게 된다. 언어 역시 마찬가지다. 전염된 언어는 과거의
언어가 아니다. 시의 언어는 내가, 아니 우리가 알지 못하는 어
떤 지점을 향해서 끝없이 나아간다. 나는 유영호의 시인의 시가
각질화된 우리의 감각을 뚫고 들어와 전염시키기를 간절히 바란
다. 그 전염을 통해 우리는 다른 존재가 될 것이다.

불면과 숙면 사이

유영호 지음

발 행 처 · 도서출판 청어
발 행 인 · 이영철
영   업 · 이동호
홍   보 · 천성래
기   획 · 남기환
편   집 · 방세화
디 자 인 · 이수빈 | 김영은
제작이사 · 공병한
인   쇄 · 두리터

등   록 · 1999년 5월 3일
(제1999-000063호)

1판 1쇄 발행 · 2020년 6월 10일

주소 · 서울특별시 서초구 남부순환로 364길 8-15 동일빌딩 2층
대표전화 · 02-586-0477
팩시밀리 · 0303-0942-0478

홈페이지 · www.chungeobook.com
E-mail · ppi20@hanmail.net
ISBN · 979-11-5860-851-4(03810)

본 시집의 구성 및 맞춤법, 띄어쓰기는 작가의 의도에 따랐습니다.

이 도서의 국립중앙도서관 출판시도서목록(CIP)은 서지정보유통지원시스템 홈페이지
(http://seoji.nl.go.kr)와 국가자료공동목록시스템(http://www.nl.go.kr/kolisnet)
에서 이용하실 수 있습니다.(CIP제어번호: CIP2020020725)